恋する猿は木から落ちる

佐藤ミケーラ倭子

KADOKAWA

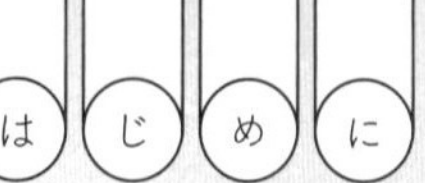

脳みその中の妄想が止まらない。直近ではバス会社の社長になりきり、いかに運転というものがお客様の人生を背負っているか、朝礼のスピーチで熱弁する練習をしていた。

いつからこんなに頭の中が騒がしくなったのかは分からない。

本を出版することは随分前から想像していた。

頭の中に湧き出たものを形にし出したのは五歳頃だったと思う。その頃から粘土で動物などを創作し、人にあげていた。福島にある母の実家に行くと、ガラスの食器棚の中にそれらが未だに飾ってある。何かを作ることに没頭していた私は、小学生になると自作の物語をコピー用紙に書き込んでいた。授業で「原稿用紙二枚の物語を書きましょう」という課題が出たときには、家から学校までの描写だけで二枚分を埋めてしまい、担任を困らせた。

今回はそんなことにはなっていないことを願う。

ということで！

私は佐藤ミケーラ倭子（わこ）。アイドルグループ「アイドリング!!!」の元メンバーで、現在は小説家だ。いや、まだそこまでは到達していない。今回物書きの仲間入りをした。普段は女優業、モデル業、ＹｏｕＴｕｂｅ活動に加え、タレント業をさせていただいている。

今回の初小説は、私のＹｏｕＴｕｂｅ動画の「再現シリーズ」という、男女のあるあるを再現した動画たちを基に構成されている。この小説のために書き下ろした新作も多く収録した。ＹｏｕＴｕｂｅ動画と違うのは、随所に「ミケ猿」が出てくるところだ。恋のトラブルにミケーラこと「ミケ猿」が口を挟んでくるのだ。なぜ、「ミケ猿」を入れたか。それは本書最後の「おわりに」に書くこととする。

本書は、登場人物達のけたたましい本音が垣間見られるのだが、読むとなぜか活力が湧いてくるらしい。動画のコメントには毎度そういった感想がもらえるので、とても嬉しく思う。何かをちょこっと頑張りたいときに読んでほしい。すると、どうだろう。心の中に私を飼っている感覚に襲われるに違いない。やかましい声が鳴り止まなくなるぞ。覚悟して読んでくれ。

それでは！　いらっしゃーせ！

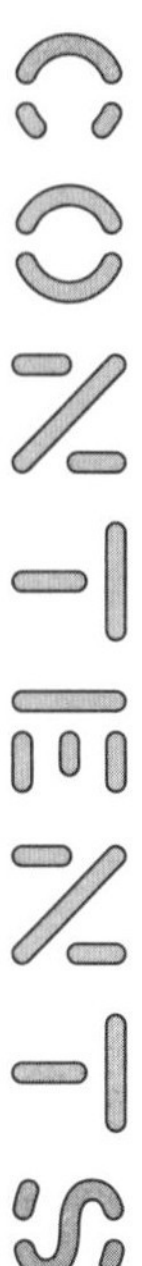

はじめに……2

第1章 見ちゃった！

復讐なら目に入れても痛くない

CASE 1 追いかけられるとなぜか冷める女の心理……8
CASE 2 初デートで割り勘だったときの女の心理……28
CASE 3 別れた元彼のSNSを見ちゃう女の心理……52
CASE 4 彼氏の部屋に女の形跡があった女の心理……72

第2章 言っちゃった！
口から出たら思いのほかデカかった

CASE5 「いい人」で終わる男に対する女の心理……98
CASE6 彼氏欲しいと欲しくないの間でのたうち回る女の心理……120
CASE7 振った彼氏が未練なさすぎてやっぱり別れたくない女の心理……141
CASE8 論理的に話す男vs.感情的な女の心理……156
CASE9 「なんでもいい」ばかり言う男の心理……171

第3章 聞いちゃった！

耳をすませば聞こえてくるよ唸り声

CASE10 付き合いたては猫被りまくる女の心理……182

CASE11 旦那の性格より顔を取った女友達に対する女の心理……203

CASE12 関係は冷め切ってるけど自分からは振りたくない男の心理……219

CASE13 失恋した友達の話を毎回聞く女の心理……240

おわりに……254

STAFF

装丁・本文デザイン　佐藤ジョウタ（iroiroinc.）

イラスト　emma（絵馬）

DTP　エヴリ・シンク

校正　文字工房燦光

著者マネージャー　富田美恵（サンクチュアリ　株式会社ティーエムオー）

編集　伊藤瑞華（KADOKAWA）

第1章

復讐なら目に入れても痛くない

CASE 1

追いかけられると なぜか冷める女の心理

ミケ猿は追われると冷める女を見ちゃったぞ

男は狩りをしたい本能があるらしい。
でも女は追われたら冷めるとか、どうしたらいいんだ！
二人で狩人になってアマゾン川でＡｍａｚｏｎを作ればいいのか⁉
「どんぶらこ～」と注文した商品が流れてきます！　再配達不可です！
男も女も両方「追いたい派」とか無理じゃん！
それか、並走して一緒に走ればいいのかな⁉
マラソンランナーとその横を走る師匠みたいに⁉
恋の二十四時間マラソン！　ゴールはあなたとの挙式！　からのハネムーーン！
難しいっ！

今までに積もらせた「好き」を、付き合ったら雪玉にして投げまくっていいんじゃないの⁉　こっちは投げちゃだめなんですか⁉　え⁉　一方的に投げられるんですか⁉

そんなのいじめじゃねーか！　ひどい！

悲しき雪だるまになって、好き好き光線でかまくら作ります……。

しょぼぼぼんぬ。


はぁ～、なんでリモート終わったんだろー。

ナギサはデスクの下でこっそりあぐらをかきながらため息をついた。


あのリモート生活は楽園だったな。パジャマの楽園さっ！　昼寝のユートピアでもある。

たまに不意打ちの会議で心臓射抜かれそうになったけど、それ以外は完璧だった……。

朝起きてポチッとするだけさ。ありゃ夢かな？　一回天国を味わうとだめだな。

今まで当たり前だった出勤が罰ゲームに思えてきた。

満員電車がネコバスになるなら出勤を考えてやってもいい。

猫缶分のお金は毎月の給料から天引きしてくれ。いくらでもくれてやる！

丸の内に勤めるナギサはごく平凡なＯＬだが、なかなかの曲者（くせもの）である。

子どもの頃から欲しい物には執着するが、手に入った途端すぐ飽きる。

「熱しやすく冷めやすい」

家族にはよくそう言われるが、そんな簡単な言葉で括（くく）らないでほしいと自分では思っている。

ＯＬも三年目になると仕事にも慣れて新入社員の部下ができ、新人指導という立場になり、オフィスの水面下では寿退社とかの声も出始めている。

そろそろオフィスも昼休み。


「ん？」

視線を感じたナギサが辺りを見渡す。

ハッ！　後藤さんまた見てる！

デスクの向こうにいる先輩の後藤と目が合う。

ノリはいいがどこかズレている彼を、ナギサは恋愛対象から外していた。後藤が嫌いなわけではない。最初は嬉しかったくらいである。
以前は短髪だったが、最近ストレートパーマをかけたらしい。鍛え始めた腕は逞しくなっているものの、元々のなで肩のせいであまり筋肉がついたようには見えない。

まただ〜。よくもまあ毎日見てくるよなぁ。
仕方がないか。あたしゃこの会社のモナリザ！　見れば見るほど味が出るからね。
お酒飲んだ後にラーメン屋に吸い込まれるのと同じ原理。避けては通れないのだ。
見惚れてしまうのも無理はないけど、あの人すごいグイグイ来るんだよねえ……。
最近お昼毎回誘ってくるし、飲み会も隣の席に移動してくる。
嫌いじゃないんだけど……なんでなの？
追われるとスンッってて心臓のときめきが止まってしまうんだけど。
あれ？　今日の営業終わりました？　全然動いてないですね？
心臓……閉館しました？　ってくらい冷めちまう。どうしたら治るんだ！！！
マリオに出てくるお化けのテレサと一緒だ……。
グイグイ来られるとひるんで動かない。

けれど、そっぽ向かれると追いかけてしまう……！

アラサー独身こじらせキングテレサ！

ナギサは後藤の動きを感じながら、目を合わせないようにこめかみに神経を集中させて様子をうかがっている。


え！　うわ！　やばい！　後藤さんがこっちに来る……。

後藤が鼻を触りながらナギサのデスクに向かってくる。

ちょっと恥ずかしそうにニヤニヤするのやめろ！　ポケットに手を入れるな！


ポケットに手を入れて歩いていいのはＳｏｆｔＢａｎｋのＣＭのＳＭＡＰだけだ！


ヒッ！　来た！

「よ！　ナギ、今日お昼どんな感じ？」

どんな感じ？　ってなんだよ。コンビニの感じですけど。ローソンの感じです。

「後藤さん（笑）。今日はコンビニにしようかなーって思ってます」

自然と名前の後に「笑」がついてしまう。

「そかそか、一緒に、ど？」

ど？　ってなんだよ！！！！　さりげなくしすぎて一文字になってるやん。

うわぁぁぁぁやっぱりだめだ！

追われる前は後藤さんのことちょっと気になってたけど、追われると無理ー！

ドライアイスくらい氷点下！　ごめんなさい！！！

温度差が沖縄とアラスカくらいある！！！　あったまるまでもう少し待ってくれる⁉

私まだアラスカなの！！！　アラスカの北ギツネ！　人間になれるまでもうちょっとかかりそう！！！

「あ、今日はちょっと黙食の気分なので、またでもいいですか？　すみません！」

「あーおけおけ、そういうのあるよね」

ナギサのデスクに置いていた手を引っ込め、オフィスを見渡しながら後藤は帰っていく。


ふぅー。

ごめんよ、後藤っち……。追われるのだめなんだ……。

付き合ってもないのに他の男と話すと嫉妬する遠慮のなさと、そのネチョッとした水あ

めのような好意が嫌なの。

後藤さんには研修で社会人のＴＰＯを教わったけど、後藤さんは私にとって、Ｔ、とんでもなく、Ｐ、ポジティブに、Ｏ、男出す先輩なのー！！！

鬼ごっこでもわざと遅く走って毎回鬼になってた。追われるのはどうしても苦手だ。

はぁ……。なんでなんだ、ため息しか出てこない。


後藤とナギサは内定式のときに初めて顔を合わせた。

感じのいい男性で、ナギサのほうから声をかけ、二度目の再会は入社式だった。

部署は違うけれど本社勤めが一緒で、そこから徐々に親交を深めていった。

が、今はこのありさまだ。

少女漫画にも追われて冷めるシーンねーじゃねーかよ！

だいたい両思いになったらハッピーパラダイス番外編結婚パーティーじゃねーか！

そんな「私……追われるのだめなの……」とかいう、めんどくさキングテレサ出てこないぞ⁉

恐怖のだるまさんがころんだ！　振り向かれた瞬間ゲームオーバー！

告白までが人生のピークとか最悪なんだが！
そっからじゃねーのかよ！　スタートはよ！
あたしゃもうスタートする前から負け確定だわ。
マラソンなのに一人だけ走り幅跳びしちゃってる。
はーあーあー。付き合ったら絶対向こうからも愛もらうよね……。
デレデレになられた瞬間冷めちゃう。
キャッチボールでせっかく投げてくれたボールをキャッチできないんだよ！
グローブ投げてそのまま走り去ってしまう最悪女だよ！
なんだこれは！　クソー、あたしゃ一生独身なのか……？

デスクの下に隠れていたミケ猿はやり取りを見ていた

少女漫画といえば、無口でミステリアスな女の子にクラスのお調子者の男の子が惚れてアタックする漫画に昔めちゃくちゃハマった！

ミケ猿はそれに憧れてミステリアスな女の子を学校で演じたことがある。

もちろん**「無口」は不可欠**だ。

機関銃のように喋っていた女がある日急に無表情になり、人と話すときは静かに目を見つめるようになる。

具合が悪いのかと心配された。

みんな私がテスト勉強のせいでおかしくなったと思ったらしい。

失敗だ！　ちっともミステリアスな女にはなれなかった。

最初が肝心だと思って、次は高校入学と同時にミステリアス女作戦を実行した。

私のことを知ってるやつは誰もいない。最大のチャンス！！！！

制服はブレザーで、女子はみんなリボンだったが、私はあえてネクタイにした。

最初の数か月、その作戦は成功した！　みんな私を儚げな女の子だと思ってくれた。

だが肝心のお調子者のクラスメイト男子が現れなかったから、それまで我慢してたものを一気に解放した！

そこから授業中に奇声を発するようになった！　もちろんテスト中もだ！　先生もお手上げだ！　最高の高校生活になった！　やっぱりおしゃべりは止められない！

その日の帰り道、ナギサは自分の性格と将来を憂いながら乗り継ぎの駅にたどり着く。

このまま帰るのも気が進まず、かといって誰かとどこかに行く当てもない。

仕事終わりの街路樹が月明かりでぼんやりと鈍く道を照らしていた。

そろそろ秋も近づいて、夜風が季節の変わり目を知らせる九月。


はーあ。かなちい……。このまま一人なんてやだな。

すきぴに連絡してみよう！　行動を起こさなきゃ……！　よしっ！


ＬＩＮＥの下のほうに化石のように動かず埋まったレンとのトークを見つける。

全然ＬＩＮＥが返ってこない脈なしのレンくん……。

顔がめちゃくちゃタイプで、鬼アタックしてるけど、全然振り向いてくれないんだよね。

まぁそこがいいんだけどっ！！！！

絶対手に入らない人を好きになるのやめたいっ！

買えないブランドのバッグ手に取っちゃう気分！

手に入らないものってなんであんなに輝いて見えるんだろう。

レンくんは一生触ることのできないショーケースの中で厳重に守られててほしいっ！

いやそれだと付き合えないだろう。何言ってんだ、自分！


よしっ、連絡しよう。

決心したナギサは歩道橋の脇に移動する。

顔を照らすスマホの明かりが揺れている。


「今何してる？　仕事終わったからこれから飲みませんか？」

ＬＩＮＥを送信し、行き交う車を見下ろす。

まぁー返信来るわけないかー。

いつも返信来るの一日以上経ってからだし、血がそもそも流れてないくらいの脈なしだから……。魔の人工呼吸してあげたい！

「ラインッ！」

突然かわいらしい音声が響く。

は！！！

「いいよ、どこ？」

「きゃあああああああああああ！！！　返信来たああああああああ！」

誰もいないのをいいことに、陸橋の上から車道に向かって叫ぶナギサ。

たまらない！！！

この私が連絡しても文面から喜びが全く感じられないところ！！！

むしろ少しだるそうですらある！！！　素敵！！！

レンくんになら追われても絶対冷めない！！！

一蘭の替え玉するときと、満員電車で目の前の席が空いたときくらいしかときめかなかったナギサの心臓が、ここぞとばかりに鼓動を始めた。はしゃぎすぎて捻挫しそうだ。

やったー！　すきぴとご飯だぜ！！！

駅のトイレで顔直そう！　顔面立て直し工事！　とんとんとんッッッ！

急いで駅の方向に引き返すナギサの足取りは、重力がなくなったかと思うほどにふわふわしていた。

駅のコンビニで買った即席のビューラーとマスカラを使って顔を整え、待ち合わせ場所へ急ぐ。

「おまたせー！　久しぶりだねっ」

「いいよ、どこ行く？」

ナギサのほうをちらりと見て、レンが冷静に答える。

「えっとー、いつも行ってるところでもいいかな？」

「おっけー」

レンと会うときは毎回ナギサが店を決める。結局今日もまた焼き鳥居酒屋に向かう。

暖簾（のれん）をくぐると、店主から「カウンターにどうぞ」とばかりに手招きされ、二人はカバンをカウンターの下へ押し込んだ。椅子を少しレンのほうに寄せる。

威勢のいいお兄さんがやってきてメニューを出しながら注文を取る。

飲み物が先に二人の前に並んだ。

「ひ、久しぶりだよねー！　最近何してたの？」

「んー、姉貴の結婚式行ったくらいかな」

「へー！　お姉さん結婚したんだ！　おめでとうございますっ！　どうだった？　結婚したくなった⁉(私とぉおおおお)」

「いや姉貴と仲悪くて。でも一応『綺麗じゃん』って言ったら、『何上から言ってんの』って言われた。ご祝儀結構無理したから返してほしかったよ（笑）」

「あははは！　何それー」

レンがジョッキを持ち上げて乾杯の誘導。

久々に会うことへの緊張が緩んでくる。ＬＩＮＥしてよかった。

ナギサはおしぼりをいじりながら、居酒屋の有線に身体を揺らした。

くぅうううう！

なんの下心も感じない！　ネチョネチョ感が一切ないこの砂肝のよう！　たまらん！

普通この時間に私に呼び出されたらみんなトイプードルくらいしっぽ振ってくるのに、こいつはチベットスナギツネみたいな顔してるもんな……。

何考えてるんだろう……。
燃えてきたぁぁぁぁぁあああ！　ガソリンじょびじょびー！！！
こいつの表情が崩れるところが見たい！！！　やってやるぜー！！！

あんまり表情がない人って崩したくなるよねっ

同じカウンターに座っていたミケ猿はトリ皮を食べながら思った。
表情がない人を崩したくなったとき、私には必殺技がある。
それは、「並行くすぐり」だ！
私の母は笑いの沸点が高くて、百度くらいある。なかなか笑わない。
そんなときは渾身のギャグを言いながら、くすぐり術も併せて行う。
ルール違反と言われてもいい！　取りあえず笑ってくれればいい！
やめてって怒られても、一筋の歯のきらめきが見えれば、私は満足だ。
これは今後も活用していこうと思う。

「今日レンくんに会えて嬉しいなぁぁ」

テンション上がって飲みすぎちゃうかも、と言いながら、ナギサはビールを両手で持って一口飲んでみせた。そして二口目はビールの泡をわざと口に付着させ、「あっ！　うふふ」とにっこり笑ってみせる。

「やば」とだけ言い、ビールを飲むレン。

……何⁉　ど、動じないだと⁉

やはり手強いな……。こんなストレートフラッシュ効かないやついるのか⁉

私のこと見えてないのかな？　近視？

ビールの泡、口についてんのに「やば」の二文字で済ませられちゃうところ、私の闘争心がメラメラ湧き上がってＩＨぶっ壊してんですけどー！！！

二文字しか喋れない呪いにかかったのかな？　それか元々カタコトだったっけ？

ちくしょー！　全然釣れないじゃん！　本マグロかよ！

すしざんまいの社長連れてきて塩対応本マグロのレンくん捌（さば）いてもらいたいわ！

はい！　塩ざんまい！

レンは店主のほうを向いたまま、落ち着いた仕草でビールを口に運ぶ。飲むたびに動く喉仏にナギサの心は惹きつけられる。

カウンターに置かれたスラリと長く関節のしなやかな指。

何気ない仕草も気取りがなく、ナギサにとっては居心地がいい。

その間数秒だろうか？　二人の会話に沈黙が降りる。

「てか、今日の髪型いいじゃん」

え？

いきなり出た想定外のレンの言葉。ナギサの背中に白い羽根が生えた。

コウノトリがナギサの心臓をくちばしで突っつく。心臓が完全に鷲掴みされた。

え？？？？　何？？？？？？　え？！？！？！？　えー！！！！！！！

ハーフアップにしてみました！！！　唐突の褒めですか⁉

あなたへの恋心と結婚心がハーフ&ハーフピザですっ！！！

耳は薄めでお願いします！

キャー！　今の一言で来世まで頑張れる。

はぁぁぁぁ。

しかも何、あの下心を一切感じないあっさり褒め言葉。

あっさりすぎて味ついてない豆腐かと思った。

何あれ⁉　絹百パーセント男じゃん。さらっさら！

やばいやばい、顔が火照るのを止められない！

私の中の釜爺が頑張っちゃってる！　止めて！　釜爺！　ストップ！！！


時はあっという間に過ぎ、カウンターにいた隣のカップルもお勘定を済ませている。

ナギサの頬はうっすらと赤く染まり、帰りたくない気持ちを頬に忍ばせた。

「楽しかったよ。今日はありがとう」

「結構飲んだね〜。てかトイレ行ってる間に払ってもらっちゃってごめんね！　私が誘ったから出すよ！　……ってあれ？　お財布ない……。あれ？　どこだ……カバンに入れたはずなんだけど……。出るとき確認したから席にはないはずだし……。え、あれ？　どこだ？」

カバンの中、コートのポケットの中を代わる代わる探す。

「ご、ごめん！　ちょっとお財布なくなっちゃって……。ちょ、ちょっともう一回席見てくる！」

ドンッッッ。

慌てて店に戻ろうとしたナギサはレンにぶつかる。

「あ、ごめん！」


ポトッ。


レンのポケットから何かが落ちるのが見えた。

居酒屋の賑わいの音が消えた。

これは……。

「あれ……？　私の……財布……？？？」

バッッッッ！

落ちたそれを拾い、百八十度回転して振り向きもせず走り去るレン。

ナギサは一瞬にして酔いが覚めた。

え⁉

「ちょ、ちょっと待てー！！！！　私の財布盗っただろ⁉　おい！！！」

自分でも驚くほど腹から声が出る。

「盗ってたよなー⁉　逃さないぞ！！！！　ごるぁぁあああー！！！！　待てー！！！！！」

開いた手を顔の近くまで振りかざし、カバンを脇に抱え、ナギサは繁華街の中を全力で追いかけていった。

ナギサはやっと完全なる「追いかける女」になれたのだ。

CASE 2

初デートで割り勘だったときの女の心理

ミケ猿は揉める男女を見ちゃったぞ

ある女が言っていた。

「割り勘でもいいけど、割り勘されたらそれはデートだとは思わない」

これは、「お通し出されたら食べるけど、後で代金引かれてたらそれはお通しだとは思わない。一品にカウントする」という昔の私の気持ちと一緒だ……！

お通しは他人の家に行ったときのお茶菓子のようなものだと思っていた……！

「これどうぞ！　つまらないものですが……」

「いえいえ！　いいんですか!?　もぐもぐ」

「はい！　一品ということで！」

え!?

驚いた……私は居酒屋のシステムに驚いたさ……。サービスかと思ったさ……。

あれから時が経ち、今ではお通しを楽しみにしている自分がいる。成長とは恐ろしい。

男も一緒だ。**かっこつけお通し**が見たいのだ。

初デートで女の前でかっこつけお通しを出してくれるメンズを探している！

初デートってところがミソだ。

さてと、今日は、プロ奢ラレヤーであり、大学出たてのホヤホヤ新入社員のミウを覗き見。割り勘かっこつけカニミソメンズに注目ずら〜！


鏡を見ながら意気揚々と準備しているミウ。

口紅という名の防弾チョッキをつけるだけで、なぜか攻撃力も上がるのが不思議なところ。

う〜ん、マッ！

二十代の健康な歯と胃があるうちに他人の銭で全ての美食を食い尽くすをモットーに、今日もミウ、またの名を銭婆（ぜにーば）は、マッチングアプリでマッチした年上の男性とおデート。

デートという名の給食の時間である。ちな、給食費は取られない模様。

今週は二回目のイタリアンか。

給食の献立表並みに美しい私の奢られ飯スケジュール。

はぁそろそろかしら。と、腕時計もないのに見ちゃったり……。

そろそろアップルウォッチ欲しいわね。うーん、ついでに買ってもらおうかしら……。

自分の腕にアップルウォッチがついているところを想像しているミウ。

遠くからそれを見ているミケ猿は、自分の腕にも似合うか想像して腕を上げ下げする。

ミウは待ち合わせ場所に着き、スマホのカメラで前髪をチェックしている。

「すみません、ミウさんですか？」

物腰低い男性が話しかけてきた。服装は黒いTシャツに小さいピアスが光る。スラックスにスニーカーとシンプルな格好だ。髪はセンター分けで無造作にまとめられていた。

あら、本日の配膳係のお出ましね。

「あ、そうです。コウキさんですよね。はじめまして」

「いや実物のほうがかわいいですね」

「えぇ～ありがとうございます、もうやだ～」

第一関門突破。

「じゃあ行きましょうか」

「あ、はい！　えへへ」

よし行くぞ。胃袋無限大、いただきまっちょマン！

現れてしまったな

獲物だ……。

待ち合わせのハチ公の裏から覗くミケ猿は息を呑む。

獲物だって当たり前にいただかれるのは嫌だよね。

捕食者はちゃんと申し訳なさとせつなさと心強さを持ち合わせてほしいよね。

いただきますッ！　奢られますッ！　って手を合わせないとだめだよね。感謝は必要！

さて今回の獲物はどう調理されるのでしょうか。

二時間コースかな？　プロ奢ラレヤー・ミウの罠から抜け出せるのか？

子ウサギめ！！！！

「わぁ、おしゃれ」

あざといミウの鼻が鳴る。

アーハン？　アーハン？　結構カジュアルな感じね。まぁ私は？　私はいいけど……。私の胃袋が許すかどうかは分かりませんわよ、おーほっほっほ！

周りを見渡すミウ。

「何頼みます？」

コウキがメニューをこちらに向けて尋ねる。

「わぁ、どれにしよっかな？」

ん？　待てよ。ミウの奢ラレヤーセンサーがうずいている。

通常なら「好きなの頼んでいいよ」って言ってくるはずなのに……。

こいつ……いやまさかそんなはずはないだろ……。

うん大丈夫、大丈夫！　気のせい！

ミウは頭に浮かんだ不吉な予感を振り払う。

「あー私これ食べたいです！」とメニューを指差すミウ。

「うずらの卵のシーザーサラダッチョ！　わぁ美味しそう。あとは〜」

「おぉいいね、じゃあ俺は丸ごとレタスのサラダにしよっかな」

「あ、え？　あ、もう一個サラダ頼むんですか？　あ、あ、まぁ野菜ね、いっぱい頼む分にはいいですもんね！」


こいつ強豪校か？　ここ合宿だと思ってる？


出会ったことないタイプに戸惑いコウキを見つめるミウ。

なんだこいつ。こいつ、もしや私のことかぼちゃ畑に引き入れようとしてる？

「あーあと、私このカキフライのトコトコリゾット後で食べたいです。ウフフ」

「あーじゃあ俺は漁師風ペペロンチーノにしよっかな」

メインもシェアしないで二つ頼むタイプ……。

今までにない頼み方に困惑するが、自分の金ではないのですぐにどうでもよくなる。


「すいませーん」

コウキが店員を呼ぶ。

「すいません、シーザーサラダと、レタスのサラダと、リゾットと、あと漁師風の……うわ高っ！　やっぱりえっと俺はカルボナーラで！」

今、「高」って言った？

ミウは耳を疑った。

こいつ今「高」って言った？　嘘だろ、嘘って言ってくれ……。

まさか違うよな、カロリーの話だよね？　そうだよね？

気のせいでありますように！　耳が空耳アワー始まってる！

ミウの奢られセンサーが反応している

隣の席で丸ごとレタスのサラダにかぶりつきながらミケ猿はつぶやく。

もしかしたらあいつ、コウキはただの子ウサギではないのかもしれない……。

何かを感じる……。

あと子ウサギといえば、ミケ猿はマルタ共和国に留学していたときに初めてウサギのシチューを食べた。

友達が日本から遊びに来てくれたから、ここぞとばかりに、ウサギシチューで有名なレストランに行った。

初めて友達の吐きそうな顔を見た。

「なんか毛が……毛が……」

それ以上は言わないでくれ友よ。ミケ猿も同じのを食べている。


「かんぱーい」

ゴクゴクゴク！

「んー美味しい」

奢ってもらえるからいつもより高いワインを注文しちまったぜ。

「は～！　ご飯すごい美味しいですね」

リゾットを食べながらミウが言う。

「ミウさんってどんな人がタイプなんですか？」

「え、私ですか？」

ミウは首を斜め四十九度に傾け、照れたようなそぶりを見せる。

「えへー私は包容力がある人が好きです。うふふ」

照れているのを隠すかのようにすぐにワインを飲む。慣れたものだ。

ワインよりも深い色をした本音がミウの脳内に渦巻く。


包容力といっても、お金で包み込んでくれる温かさが欲しい！


ファーサファーサファーサッッ！

わー！　このお札で指が切れちゃう！

でも大丈夫！　バンソーコーが死ぬほど買えるから！

会社まで乗っ取って、全部キティ柄にしてやる。

お金で作ったかまくらで冬を越す。それが私の夢。

寒い雪山で遭難しても毛布なんかかけないでほしい。お金のマフラーをかけて！


「ちなみにコウキさんは？」

ミウがワイングラスを置きながら尋ねる。

「俺は金銭感覚が合う子かな」

初デートで金銭感覚の話……。

こいつ、もしや私のこと結婚相手として見てる？

まぁルックスもいいし、私のストライクゾーンかすり傷くらい。仕事も外資系コンサルだっけ。結婚してもいいけど、子どもの名前は「奢ら麗美（れいみ）」にする。


はぁお腹いっぱい。食べた食べた～。

ひとしきり食べたミウは満足げに残りのワインを飲み干した。

「わぁすごい楽しかった～」

さあて始まりました！　奢ラレヤープロジェクションゴールデンタイム！

さてここから私はトイレに行きます。

まぁその間に〝お会計〟というものを済ませてくれるはずですね～。

暗黙の了解よっ！

むしろ店の女子トイレにも「長めに時間を取りましょうね」と書いてある。

グッバイアディオース！

「ちょっとごめん、あの、お手洗い行ってくるね」

計算され尽くした完璧なタイミングでミウは席を立つ。

じゃあまたね、よろしく!

心の中でコウキに挨拶を告げてトイレに向かう。

さて試合が始まったずら

心の中で実況を始めるミケ猿。

いやむしろ試合はほぼ終わったかもしれない。

奢ラレヤーが会計近くでトイレに行くときは、試合で相手をKOしたときと一緒。

審判の判定待ちだ。

勝ちが確定しているからこの後観客にどうやって喜びをアピールしようか考えている!

ミケ猿だったらなんのポーズしようかな?

ボクシングの試合で勝ったら審判に腕持たれちゃうし、グローブしてるからピースができないのが辛いところだ。

ピースできても、グローブしてるからドラえもんの生まれ変わりだと思われる。

ギャルはピースもできない。どうするんだ？

あの長い爪はグローブに収納できるのか。トランクルームに預けてるのかな。

すごいっ！


パーシャ、パシャパシャパシャパシャパシャ。

トイレはしていないが一応手を洗うミウ。

あー料理も美味しかったし、彼も結構いい人そうだな。

うーん、あのコウキさん？　専属の配膳係に任命しようかな。

コウキさん、プロフィールにゆるふわ系の女の子が好きって書いてあったから、今日はふわふわな雲をイメージした格好で来たけど、あの目は完全に天気予報士の目だったな。

私の感情の天気を読もうとしても無駄だよ。自分でも読めない嵐の中さ！

彼、完全に私に惚れてるね。

最後かわいく「ごちそうさま」なんて言ったらもうイチコロ、いやフタコロくらいするだろ。

待てよ、今まで奢ってもらった人のご飯で私の身体が成り立っているとしたら、手首までがマサトさんで、手首から肩までが常連のソウタさん。

年間三百日ごちそうしてもらっている奢ラレヤーの私からすれば、みんなが私の身体を支えているといっても過言ではない。

コウキさんはどれくらい支援物資送ってくれるのかな。

さーて戻るか、エアートイレッ！


トイレから戻り、上機嫌で席に着くミウ。

「あーおまたせー。ごめんねー。ふふふ」

「さてと、じゃあお会計もらおっか」

「はい？」

固まるミウ。

こいつ今なんて言った！　お会計？　もらおうか？

聞き慣れない単語に痙攣（けいれん）を起こすミウ。

うわ痛い痛い痛い痛い痛い痛い痛い！　私の奢られセンサーが悲鳴を上げている。

「ちょっとごめんね。具合悪いから、もう一回トイレ行ってくるね。ごめんごめん、すぐ戻ってくるね」

早口で告げて息も絶え絶え急いでトイレに駆け込んだ。

はぁはぁはぁ。待て待て、緊急避難だ。

ちょっと待て、一回落ち着こう。

ミウは鏡の前で呼吸を整える。

あいつっ、まっ、ちょっと待て、そんなに広い店だったかな？

だからスタッフが来られなかったとかそういう感じかな。

それともあれかな？　私のトイレの時間短すぎたかな？

いやでもそれはない！

ゆりかもめの発車時刻より正確だと言われたこの私、ミスをするわけがない。

これは汗びっちょりタイプの悪夢だ。夢だ、夢に違いない。

よし戻ろう。間違いに違いない。

落ち着いてゆっくりと呼吸を整え、席に戻るミウ。

「ごめん、おまたせ」

「あ、体調大丈夫？」

「大丈夫大丈夫、ちょっとねお腹が……」

ミウはお腹に手を当てる。

「心配だな。冷やさないようにね」

「あ、伝票もらっといたよ」

「うわぁぁぁぁぁぁぁぁ！！！！」

ミウはテーブルの上に置かれた物を見て悲鳴を上げた。


恐怖よ、恐怖よ、今なんて言ったの！

やめて、その単語は言ってはいけないのよ！

あぁそんなこと言ったら……！

あぁ嘘でしょそこに置いてある物は何。あぁ怖いわ。怖い物が置いてある。

心臓が痛いわ。はぁはぁ、延命措置が必要よ。

諭吉⁉　諭吉！　早く来て！　脈を測らないとだめよ。
一、十、百、千、万……。あぁおっけー……。
このバッグを見ろ、このバッグを！　この中にお財布が入っていると思うか！

ミウは自分のバッグを手に取る。

この小ささを見てみろ！　あなたの胸ポケットと同じ大きさじゃないか。


私に完全に惚れ込んでいると思ったのに！

男は惚れ込んでいる女には、たとえ毎日カップラーメン生活になろうともごちそうするという話を聞いたことがある。

もしかして私にはごちそうするほどの価値がないってことかしら。

私との初デートは楽しめなかったってこと？

それともデートとしてカウントされてない？　ただのお茶会かしら？

おかしなことになってきたぞ

家具もレンタルできるし、ＫＡＬＤＩのコーヒーも試飲できるし、Ｎｅｔｆｌｉｘも仮契約できるし、なんでもお試しできる時代っていいよね！

でも、人との出会いは一期一会。初対面の人が本当に奢ってくれるかどうかは、ご飯を全部食べ終えた後にしか分からないのだ！

もう一つ、現代でもお試しできないのが習字だ。二度書きができない。人生ですら「何度でもやり直せる！」ってみんな言ってくれるけど、習字だけは絶対に許してくれない。

ミケ猿は習字が苦手だ。毎回習字の時間になると怖くて怖くて、一発目の筆が下ろせなくて……。とにかくイメージトレーニング。そして……一画一画丁寧に心を込めて、慎重に書く！！！

メインの字を書き終わった後には、名前の「佐藤ミケーラ猿」を縦書きしなきゃいけない最大の試練が待っている。

だから書き終わるのが一番遅かった。長い道のりだった。

それだけ頑張ったのに、表彰されたことは一度もなかった。

時間をかけすぎて、ミケ猿の字は途中で墨汁が乾いてかすれていたのだ。カスカス。

それからというもの、ミケ猿は**二度書きの鬼**になった。


放心状態のミウとは反対に、伝票を見ながら淡々と計算していくコウキ。

「えーと、じゃあ俺はレタスのサラダとカルボナーラと、あとワイン二杯だから……残りのこの金額でいいよ。ミウさんは……」


何言ってんだこいつ。

全く声が耳に入ってこない。コウキの声が、ハウリングを起こしたかのように何重にもミウの頭に響いている。

急な雨漏りなのに醤油皿しか持ち合わせていないときくらい受け止めきれない！

これはコードレッド！　緊急事態だ。あの作戦を決行するしかない。

意識朦朧（もうろう）とする中、ミウは非常事態の作戦を決行することに決めた。

「あっごめん、私今一万円しかないみたい。ごめんね」

謝っているように下を向くミウ。

スーンッ！　スチャリッ。

ミウの悪どい顔が隠れている。

「あー、そしたら一回全部払ってくれる？　ペイペイで残り送るわ」

あぁぁぁぁぁぁぁぁあ！

崩れ落ちるミウ。

ペイペイ⁉　こいつペイペイの使い手だったのか。それは聞いてない。

あーまずいぞ、これはまずい。意外と手強いぞ。

「ごめん！　私ペイペイやってないんだよね〜」

「あー、そっか。今細かいのないんだよな。じゃあ後でATMで下ろして残り払うわ」


うぇぇえぇあああああ。

ありえない返事にミウは泡を吹きそうになる。

「じゃあ今回は俺が払うよ」でいいだろ！

あーだめだ、低気圧のせいか円安のせいか分からないけど、偏頭痛がすごい。

いやでも負けてはいけない。ここで最後の作戦に行くとしよう。

ミウはゆっくり顔を上げ、射るような視線を向けた。

その目には絶対にビタ一文も払わないというプロとしての覚悟が見える。

「あーごめんね、私潔癖症で、ＡＴＭから出てきたお金触れないんだよね。ピン札しか無理なの」

「あーそっか、そしたらじゃあ口座番号教えて。俺振り込むわ、後で」

終わりだ。

これは完全な終わりだ。

肩を落とし力が抜ける。前は見えておらず、現実との区別がつかない。

あーあれ、ここは？　ここはどこ？　ＶＩＰルーム？　ファーストクラス？

「あーいいよいいよ、もう今回は私が払っとくから」

コウキが何か言っているが、ミウの耳には入っていない。

「え？　うん、全然気にしないで。大丈夫大丈夫……。また次回ね、なんかでほら」

「すいません、これでお願いします」

弱々しい手で店員にカードを渡す。

「ははははは！　私が奢るんです、そうなんですよ！　私がね、全然全然……」

焦点の合っていない目で独り言を言うミウに店員はドン引きし、そそくさと立ち去る。


満足げに店を出るコウキと、献血終わりのようなミウ。

「いやー雰囲気もいいしおしゃれなお店だったな～。ミウちゃんありがとうね」

「……」

生まれて初めて全額奢ったミウは、もはや抜け殻のようで、蓑虫（みのむし）がしなしな歩いているようだった。

「次回なんかでお返しするから」

「……」

かすれた心の声がかすかに脳内につぶやかれる。

私もまだまだね……。割り勘の使い手を見抜けなかったなんて。

まさかこの私がお金を払うことに……。


「今日はすごい楽しかったよ。ありがとうミウちゃん」

「あ！　危ない！」

コウキがミウを引き寄せる。ミウのすぐそばを車が走り去った。

「危ないなあの車〜」

車の後ろ姿を見ながら呆れたように言うコウキ。

ん？

コウキに抱き寄せられたミウは何かに気づく。

「あんなスピード出して」

と車に文句を言うコウキの匂いを嗅ぐミウ。

「もっと広い道通ればいいのにね。大丈夫だった？　ミウちゃん」

……はっ！　この匂いは……。

確信に変わる。

こいつ……。

同業っ！！！


間違いない。奢られセミナーを受講した人しかもらえない、あの芳香剤の匂いがする。

「じゃあ俺こっちだから。また連絡するね」

隠された事実に気づいたミウを余所（よそ）に帰ろうとするコウキ。

「あ、ちょっと待って」

あまりのショックで声がかすれて出ない。

「じゃねー！」

スルスルと軽い足取りでコウキは駅のほうへ消えていった。


あいつ、最初から奢る気なんてなかったんだ！

割り勘するつもりもない！

私に奢られるつもりだったんだぁぁあああ！！！

私としたことがっ！

男性の奢ラレヤーは初めて見た！！！

クソー！！！　この地区はもうだめだ！　侵入してきている。

新しい地区を探さねば。未開拓の地、巣鴨へ……いざ！

赤パンツ、待ってろよっ！！！

ミウは未開拓の地を目指して旅へ出たのだった。

奢ラレヤーたちの地区争いは今後も激化するようだ。

CASE 3

別れた元彼のSNSを見ちゃう女の心理

ミケ猿は見ちゃったぞ

元彼のSNSを見るのをやめられない女がいる。

見てもいいことないと分かっているのに見てしまうらしい。

これは「押すな」と書いてあるボタンを押したくなる心理に似ている……。

絶対に押すな！　押すな！　と思うほど、元彼のアカウントを開いてしまう。

そして女の影がダウニーのように香ってきて落ち込むのだ。

なんだこの現象は！　臭いと分かって嗅いだ犬のうんちが臭かったときと似ている。

そのままの結果だ。

ミケ猿もドラマの撮影中に、照明さんが絶妙に調節したライトのスイッチのそばにいたことがある。

絶対に押してはいけないと分かっていたが、気づいたら押していた。

カチッ。

一気にドラマ撮影現場は真っ暗になった。

暗闇の中から監督の「コラーーーーッ!」という声が聞こえた。

私は「サプラーイズッ」と言った。

〰〰〰

リコはリモートで働いている。

はぁー疲れたー。肩がカチコチ劇場。

自宅のソファーで大きく腕を回す。

最初こそ姿勢補正グッズを買い、テーブルでPCを開き、マグカップに紅茶なんて入れながら作業していたが、今ではソファーにあぐらをかいて仕事している。

このソファー、座り心地が冷蔵庫入れすぎて固まったチョコパイなのよ。

ついでにパサパサすぎて口の中がサハラ砂漠。

リコは辛うじてある自制心でヨギボーを洗濯物置き場にして、座れないようにしていた。

パタンと力強くＰＣを閉じる。

はぁーやっと終わったわー。今日も立派に勤め上げた私、偉いっ！

午前中はほぼサボっていたが、そんなことは忘れて自分を褒め称える。

息するだけでお金かかるとか勘弁してほしい。

頭に太陽光パネルつけて出社して電気代節約しようかな。

週一日だけの出社も億劫になっている。

一日八時間も働かせるとか働きアリも同情するレベル。びっくりだよ！

「ぐはあああ」

大きなあくびをしながらキッチンに行き、買い溜めしてあるカップラーメンを作り始める。


でも毎日頑張れるのもこの後のお楽しみがあるからさ！　クフフフフ。

このために毎日頑張ってる。唯一のお楽しみよ。

リコは箸を口に咥(くわ)えてノートＰＣを開く。

「さてさて～」

ラーメンをすすりながらマウスを操作する。

「今日は更新あるかな〜？」

リコの毎日の楽しみは歴代元彼たちのＳＮＳをチェックすること。

少ない手がかりで裏垢を特定できた瞬間は、なんともいえない妙薬だった。

これがたまらんわ〜。サウナより整う。どの韓国ドラマよりもよだれ出る。

元彼たちが私より少しでも不幸そうだったらもう飯ウマだわ！　ご飯三杯はいけちゃう。

元彼の不幸は一番美味い調味料！

エントリーＮｏ．３番！　フードファイター・リコ！

今日も元彼たちの動向調査に参ります！

いざっ出陣丸！！！

この瞬間がワクワクする。もはや一日のルーティーンになっている。


リコには、趣味というものがあるわけではない。

ただ、子どもの頃から目的が決まると脇目も振らず突き進む。

たまたま元彼のＳＮＳを覗いたときに、他人の秘密を覗き込んでいるような錯覚に陥った。

なぜか見るのをやめられないのだ。

リモートワークは、リコのこの暇つぶしに拍車をかけた。

「さ〜てと、まずはインスタから〜」

画面を舐め回すように見る。

中には鍵をかけてるやつもいるが、元彼をフォローしている共通の友達と、更新されたらスクショをもらう契約をしているからいつでも見られる。そいつの趣味に合わせたＢｏｔを作り、フォローバックさせる手もある。

鍵をかけても無駄だ！　爪で開けられるタイプの鍵くらい意味ないわ！

なんだあの鍵！　外からトイレ開けられるじゃねーか！　勘弁してくれ！

管理人さんが寝てるマンションくらいセキュリティガバガバだ！　余裕だぜ！

そして私は裏垢を見つける天才。その名も千の目を持つ血眼女。

どんなに本人が隠していようとも、ほんの少しの手がかりから特定するこの能力。

ＦＢＩ裏垢調査班に雇ってほしいわ。ちな、リモートで頼む。

あとうちの家、Ｗｉ-Ｆｉないからそれもよろしく。

あ、エレファントだかバッファローだかっていうやつでよろしく。

「まず一人目は～」

慣れた手つきでスクロールしていくリコの姿は特定班そのものだ。

「見つけた」

私から振ってやったクズ男カンタ！

浮気されて振ったけど、すぐに「より戻したい」と連絡の嵐。耳に拡張ピアス開け出して、鼻にまでピアス。相当迷走して私を引きずってる模様。

私がいなくなって開いた穴をさらに増やすスタイルか？　ククク ッ。

別れた後お決まりの「何してるの～？」ＬＩＮＥを見届けて完全にブロック！

しかしやっぱり私もカンタが何をしているか気になる。

見るからにクマもできてるし、自分のピアスとギターのことしか載せてないな。しかも行動圏がほぼ八王子……。恵比寿や渋谷ではなく、あの歳で住宅街ど真ん中に住んでいるなら、遊んでもいないだろう。女の影もないし、幸せそうじゃない！　合格！！！！

一人目のターゲットに済印を押し、リコは伸びたラーメンを勢いよくすする。

「ズズズッッッ」

さて次は～、価値観の違いで別れたハヤト。

私と別れた直後はご飯とか友達の写真が多かったのに、最近は誰かが撮ったハヤトの写真が多いな……。まさか……新しい女が……。

いや、待てよ、この他撮り写真は銭湯か⁉

こんな古びた銭湯には彼女と行かないだろう！　よし、女の影はないな。心配ない。

ほっと胸を撫で下ろし、申し訳程度に入った具を口へ運ぶ。

うわー！　あいつやっぱりコーヒー牛乳飲んでる。

私と温泉行ったときも「コーヒー牛乳一択だろ！」とか言ってたなー。湯上がりにはフルーツ牛乳しか受けつけない私とは、こういうところも価値観合わなかった。

アヒルみたいな口で飲むから最新のダイソンかと思ったもんね。吸引力がすごい。

ん……⁉　待て⁉　最新の投稿……宮古島⁉

おいおいおいおい！　宮古島といえば女が行きたがる島ベスト3に入るじゃねーか⁉

青い海、青い空、青い水着だろー⁉　絶対女と行ったなこれー⁉

バンッ！

不愉快のあまりテーブルを叩く。

こんな笑顔の写真絶対おかしい！　鼻の下伸びて地面についてる！

マジかー！　私と別れて五年は引きずれよ！

もう次の彼女かよ！　早すぎんだろ！　もっと引きずれよ！

私結構いい女だったと思うんですけどねー！

ケチャップのシミくらい染みついて忘れられない女だったと思うんですけどー？

「リコが忘れられない」とかいうＬＩＮＥ嘘だったんですかねー？

ん？　待てよ……。

リコは画像のハヤトがかけているサングラスをズームする。

毛むくじゃらの男友達じゃねーか！

なんだよ！　友達と宮古島かよ！　絶対女の影ないなこれは！！！

ははは！　ざまぁー！

「舞浜に男友達と行くやつほぼ彼女いない」と同じ方程式が使える。

ふっ、よかった。安心安心、合格！

女の影がないことを確認し、満足げにスープを飲み干し、両手を広げてソファーにもたれかかる。

「さ〜て続いては〜」

余裕が出たリコは、ソファーにもたれたままパソコンを抱える。

こいつだ！　一番のクズ男トシキ！

あいつから何度「会えない」という言葉を聞いたやら。

一か月に一度も会えないとか、彼氏より美容師のほうが会う頻度高いんですけど⁉

少しでも一緒にいられるように同棲したけど、まあ朝帰りの達人だわ。

え？　お前だけ日が沈まない地域に住んでますか？　白夜？　時差ある？

挙句の果てに私がいない間に家に女の子連れ込むし。

人の顔をした悪魔かと思ったわ！

しかしこいつが一番忘れられない！　なぜだ！　一番クズなのに！！！

復縁占いに通いまくったのもこいつのせいだ！

脳よ、思い出美化するのやめろ！

ｉＰｈｏｎｅの「あなたの思い出」みたいな感じで出してくるな！！！

記憶の奥底に沈めて埋立地にしといたのに！

クソー！！！　それでも見てしまう！

しかも薬指に指輪……？？？？
なんだよこの空にかざした男女の手……。
どれどれー？　ハッッッッ嘘だろ……。
「お！　更新されてる」
「結婚しました！　お祝い待ってます」
画面にしがみつく。
おいおいおいおいおいおいー！！！！！
私のときは一生結婚しないって言ってたよなー⁉
私との結婚も渋ってたよなぁぁぁぁぁー⁉
は⁉　一回生まれ変わったんか⁉　一生しないって前世の話？？？
最悪なんだけどぉぉぉぉぉ！！！！！　マジかよ！！！！！！
しかも、奥さんめちゃくちゃ綺麗じゃねーか、こんちきしょー！！！！！
なんだよ！　失敗した版画みたいな感じだったらよかったのに！！！
水分多めのスライムくらい凹む……。私は……小学生の失敗作スライムです……。
え？　え⁉　「縁がなかった」じゃ済まされねーぞ⁉
何回復縁占いで縁結び直したと思ってんだよ！！！　結び直した縁返せ！！！

トシキが喜ぶと思って毎日慣れない手料理作ってたのバカみたいじゃん！
爆発するハンバーグでも作ってやればよかったぜ！
ココスのCMのように！　くらえ！！！！　ミニドラ浮気撲滅攻撃！！！！！
ドラドラドラドラ〜！

はぁはぁはぁ苦しい……。
なんでこんなに見るのが止められないんだろう……。
リコは我に返りパソコンから目を離す。
どうしても、どうしても気になっちゃう。見ても何もいいことないのに……。
友達には「世界一無駄な時間」って言われたな。
芸能人と自分の相性を診断するよりも無駄な時間って言われた。
ショックだったな……。
がくっと肩を落としたリコ。
無造作にまとめ上げたお団子はずり落ち、髪がパラパラと下がってくる。

上から見ていたミケ猿はふと考える

世界一無駄な時間といえば、小学生のときに友達と昼休みも放課後もベルマーク集めてたことがあった。

小学生からしたら手に入らないような景品がもらえたから必死に集めた。

パンの気分じゃないのにわざわざ買ったり、隣のクラスから集めたりもした。

母がパンを買ってくると「ここだけちょうだい！」と言って、ベルマークのところだけ切り取って集めた。

やっとの思いで貯まったのに担任の先生に没収され、無駄な時間だったと気づかされた。

あまりの衝撃に、しばらくベルマーク恐怖症になってしまい、パンも見たくなかった。

友達はそのショックのせいで、「今度はミンティアの空き容器で家を作る」と言い出した。

友達すらもおかしくなってしまった。

友達が集めてることを言ったら、私の母がなぜかミンティアを全種類箱買いしてきて、家がコンビニになってしまった。

クソ……やっぱり収まらないぃぃぃぃぃ！！！　ムカつく！！！！！

アカウント名　@Toshi-densetu

とし、伝説……？？？

は？

お前は今からお前の歴史に残る恐怖の都市伝説に葬られられるんだよおぉぉぉぉぉ！

この私にな—！！！

悔しさのあまりソファーの背をガリガリと爪で引っ掻く。

その様は猫が爪研ぎをしている姿に似ている。

ハッッッッ！　あいつストーリー更新してる！！！

ふと画面に目をやるとトシキのインスタのアイコンが赤っぽいふちで囲まれている。

しばらく放心していたリコは鮮魚のごとく飛び跳ねた。

こんなに活きのいい魚がいたら魚屋の店主も今日の大目玉として販売するだろう。

突然のリコのジャンプに驚いたミケ猿は天井のライトから落ちそうになる。

どれどれ？　なんだ？　カフェにいるぞ。

ストーリーにはテーブルと手元のコーヒーが写っており、「久々の夜カフェ」と白い文字で小さく書かれていた。

優雅にしやがって……。あのクソ男！！！

一人っぽいな……。よーし。場所を特定して突撃してやる！！！！！

どんな小さな情報も逃さないとばかりに、リコは目をカッと開き、特定モードに入る。

リコの目は平成の少女漫画のヒロイン並みに大きくなるが、かわいさのかけらもなく、殺気が漂っている。

まずこのコーヒーカップをスクショしてからの〜……。

片隅に写ってる床のタイルから見るにアメリカンぽいカフェだな。よしよし。

こやつの最近の行動範囲からしてぇ〜、同じようなカップを使ってて、そこら辺にある

アメリカンカフェは〜。

カタカタカタカタッ！

ハリウッド映画のハッカーのごとくキーボードを高速で叩く。

「ここだぁ！　見つけた！」

怒声にミケ猿は再び落ちそうになる。

逃さんぞトシキ……。

付き合ってるときには言えなかったことぶちまけてやる！！！！！

ついでに会ったときに老けてることを願って！！！

突撃！　隣のクソ男！！！！

PCを放り投げ、エクソシストのように暴れながら、適当な上着を羽織り、リコは勢いよく飛び出した。


はぁはぁはぁ。よしっ、ここのカフェだ。

スマホの地図で目の前のカフェを確認するリコは、黒いダウンに黒いニット帽、ベージュのマスクと、コソ泥のような格好をしている。

結構急いだからまだいるだろう。

どれどれー？

遠巻きに店内の様子をうかがう。

は！！！　いた！！！！　あいつー！！！！

机にコーヒー一杯とＰＣを置き、イヤホンをつけて足を組んでいるトシキを見つけた。

次の瞬間、リコは勢いよくカフェの扉をブチ開けていた。

「いらっしゃいませー！」

「待ち合わせです」

どすの利いた声で食い気味に答えると、トシキの元へ一直線で向かっていく。

ドスドスドスドス！

「ねえ」

「……」

「ねえ！」

「え？　う、うわぁ！　リコじゃん！」

驚いた勢いでテーブルに足をぶつけるトシキ。イヤホンを慌てて取る。

「な、何してんの？」

「お前こそ何してんだよ！　私とは結婚しなかったくせに、おめでとー！」

「は、え、なんで知ってんの？」

トシキは状況が掴めず、片方のイヤホンを持った手が宙に浮いたままだ。

「インスタで見たんだよ」

「どゆこと？」

「インスタの結婚記念日の投稿を見たんだよ」

「あれ、俺アカウント教えたっけ」

「特定させていただきました」

「マジ⁉」

「え、てかなんでここにいるって分かったの？」

「それもコーヒーカップと床の柄からカフェ特定したんだよ。そんなこといいから。散々私のこと傷つけておいて……」

リコの声を遮って、トシキがリコの手を取る。

「マジ⁉　すごいよリコ！」

「は？」

「この床の柄から特定したって言ったけど、ほぼ無地だし、カップも別に特徴ないよね？」

「え、ま、まあ……」

「それなのにここまで俺のこと特定してくるって相当な腕持ってるよ！」

「え、な、何」

トシキの勢いに押される。

「リコのその粘着質なところと、狙った獲物は逃さない執着心、そして絶対に裏垢を突き止める執念深さ！」

悪口じゃねーか。

「昔からなんかやばいと思ってたんだけど、まさにぴったりだ！」

「は？」

「新しい事業の責任者になってほしい！」

「え」

「今から説明するから本社に来て」

「え、ちょ、何が」

トシキはＰＣとコードをカバンに投げ込み、コーヒーを飲み干し、カフェを出る。

わけが分からないまま勢いに呑まれて連れていかれるリコ。

数か月後、渋谷のオフィス街。

高層ビルの間を抜けていくと、まだ開発されていないと思われるところに二階建てのデザイナーズオフィスがある。大きな特注の窓には忙しそうに働く女性たちの背中が映っている。頭と肩で受話器を挟み、両手はパソコンの連打。まるで水を得た魚のごとく、生き生きと仕事をしている。一本の電話が終わり受話器を置いて、窓からの日差しを両手で浴びて背伸びをしているとまた電話……。


「プルルルルル」

「はい！　こちら株式会社裏垢特定班の松本です！　かしこまりました！　少々お待ちいただけますか？」

「佐藤さーん！　大物案件です！」

「分かった。代わるわ」

部下を一瞥し、軽やかに受話器を取る女。

「はい、こちら裏垢特定班、責任者の佐藤リコです。浮気してる彼氏と、お相手の裏垢特定ですね？　詳しく聞かせてください」

「五股ですか。かしこまりました。二股以上ですと割引が適用されます。五股ですと、通常より特定する裏垢の数が多いのでお時間がかかりますが、よろしいでしょうか」

「また、人工衛星ハッキングによる位置情報スピード特定サービスもありますが」

「かしこまりました」

「Ｇｏｏｇｌｅを、弊社独自のｏが一つ多いＧｏｏｏｇｌｅにすり替えて履歴を読み込むサービスも追加で利用できますがいかがでしょう。こちらも特定期間短縮に役立ちます」

「かしこまりました。全力で特定させていただきます。それでは」

ガチャッ。

目をカッと開き、女は特定モードに入る。


裏垢には二重で鍵をかけて、オートロックもつけましょう。

CASE 4

彼氏の部屋に女の形跡があった女の心理

ミケ猿は見ちゃったぞ

女の勘はたまに新幹線の先っちょよりも鋭くなる……。

香気にしてたら後ろから超特急で串刺しにされるぞ！

シュー－－－－－－－－－ンッッ！

はい！　**嘘つきダルマのレバ刺し！**　怖すぎ！

常にエベレスト行くくらいの装備で嘘を隠せ……。念には念を、だ！

女には鼻が二個ついているらしい。いい香りを嗅ぐ用と、嘘つき小次郎の臭いを察知する用だ！！！

でも、香水を嗅ぎすぎると鼻がおかしくなるのと同じで、惚れた相手の近くにいるとその機能は鈍るらしい。

そういうときは**真実という名のコーヒー豆**を嗅ぐといい。それでも特殊な嗅覚が戻らない場合は、ビンタしろ!!!!!

一か月後に結婚式を控え、気分は春爛漫(らんまん)の二十六歳のユミ。

色々な準備に追われたこの時期は、デートもなかなかできない状況で、今日は久しぶりに彼氏の家にお泊まり。

実家暮らしのユミは、お泊まりをするときの二人だけの世界が、限りなく自由になれた気になって、幸せを感じるのだ。

一緒の家に帰れるっていいなぁー。お泊まりグッズは前から置いてあるから楽ちんだし、彼の柔軟剤の匂い好きなんだよなぁ。

肩を縮め、手を絡ませて歩く二人。住宅街に入るとより冬の空気がツンッと鼻に入る。

いつもは夕食を食べて、二軒目は軽く六本木のBａｒに寄るのだが、今日はお泊まりと決めていたのでパスタで終了し、ゆっくりと二人で芋洗坂を歩き、アツヤの家に到着した。

「あーれー?　鍵どこだ?」

ドアの前でガサゴソとポケットを探すアツヤ。

「あったわ！」

アツヤがドアを開け、ユミを招き入れる。

「おまたせー」

「はーい、お邪魔しまーす」

ぶるぶる！　ユミは身体を震わせる。

うわ、なんだ？　なんか嫌な予感がする。霊感もないのにとてつもなく嫌な予感だ。

気のせいかな？　なんだ？　まぁいいや。

「お邪魔しまーす。あれ？　珍しく綺麗にしてるじゃーん」

「い、いや、そりゃ彼女来るんだから綺麗にするだろ！　あはは」

「あっそうだ何飲む？　私準備する」

「ああ俺ハイボール」

「おっけー」


キッチンへ向かうユミ。頭より高い戸棚に手を伸ばす。

あれ？　コップ、この位置にあったっけ？　場所変えたのかな？

しかも、あいついつも上向きにコップ置いてて、そのたびに私が「これじゃ乾かないよ！」って怒ってたのに、下向きに置いてある。

部屋綺麗にしたって言ってたし、一緒に模様替えしたのかな？

なんか、ダンゴムシが手の上歩いてるときくらいソワソワするなぁ……。

気づいてはいけないことに気づき始めているような……。

順番待ちしている列に割り込んでいく人を見たときのような……。

見逃していいのだろうか……。早く気づけと心なしか声がする。

ここで気づけばよかったのに

アツヤが飼っているペットのミケ猿は、ケージの中からユミを見ていた。

ダンゴムシが手の上歩いてるくらいソワソワするなら、さっさと丸まって転がりながらあいつにタックルしろ！　問い詰めろ！　逃すな！

そういえばアハ体験って最近聞かないなぁ。

「アハ！」とひらめけば脳みそが活性化されるとかどうちゃら……。

あの頃いっぱいテレビ観ながらアハ体験してた気がするけど、ミケ猿の脳みそどうなったかな？　シワシワかな？　どれくらいシワ貯蓄できたか見たいんだけど。

もしあれだったら脳みそ天日干ししようかな。干し柿みたいにシワシワになって、それを戻したら頭よくなりすぎて、アインシュタイン猿になったりして！

猿界で一番の天才さっ！　ベロの長さも負けないよ。


「おまたせー！」

ユミはアツヤの横に座りながら片方のグラスを渡し、帰り際に買った柿ピーをテーブルに置いた。なぜ柿ピーかというと、いつものＢａｒのおつまみに出てくるせいで、すっかり好物になってしまったからだ。気心知れたマスターがしっかり二人を餌づけしたようだ。

「ありがとー！」

「はーい！　かんぱーい！」

弾けるようにグラスを合わせる。

「あ、ごめん、なんか仕事の連絡来てるから返していい？」

「あ！　いいよ！」

ユミは暗いテレビに映る自分の顔をチェックする。

うわっ！　なんか湿気で前髪盛れないな。ちょっと前髪直そっと～。

私のヘアアイロンどこだっけ～。あったあった。

ん？　なんでコードこんな綺麗に束ねられてんだ？

この前使ったとき、ヘアアイロンにぐるぐる巻きつけてしまっておいたはず……。

アツヤ絶対こんなことしないし、有線のイヤホンだって「一度絡まったら使い捨てだ！」とか言って捨てるし、コンバースの靴ひもは絡まるからって全部抜いて、ぱかぱかする状態で履いてるあいつが……？　こんなことするかな？

ユミは綺麗に束ねられたコードを手に取り見つめる……。

徐々にゾワゾワとした感覚が襲ってくるのを感じた。

来てるよ、来てるよ……

怪しいずら……。

ユミから目が離せないミケ猿。

男が普段より綺麗好きになってるときと優しいときは気をつけろって、古代エジプトの壁画に描かれてるらしい。急にピラミッドをプレゼントされたら怪しんだほうがいい！

先人たちの教えだね。ありがたや～！　**ありがタン塩ねぎ落ち泥棒！**

ミケ猿も、昔母に秘密がバレたことがある。

母が履いていたスリット入りのロングスカートに感激したミケ猿は、お気に入りだったスカートをハサミで切ることにした。

これくらいかなぁ～？　いや、もうちょっとこんな感じかな～？　あれ？　やばい……。

幼いながらも分かった。これは……。隠さねばならぬ。

すると何かを嗅ぎつけた母がやってきた。

「何してるの？」

「え？　何もしてないよ」

綺麗に片づけた部屋の中、切りまくったスカートの切れ端だけがソファーの下からちょぴっと出ていた。

「あっ」

そこから出てきたスカートはもう原形を留めていなかった。

だいぶ深めのスリットが入ったチャイナドレスができあがっていた。

ただのチャイナドレスじゃない。ほぼパンツが見える、マリアナ海溝くらい深いスリットが入った、セクシーチラ見えチャイナドレスだ。

ママ猿が悲鳴を上げたのは言うまでもない。


ヘアアイロンを手に取ってからも、ユミの思考は止まらない。

誰か他の人がやったのかな？　おかしいよね？

うわぁぁぁー！

さらなる異変に気づくユミ。

ヘアアイロンの設定温度が違ーう！

私普段こんな高い温度で絶対やらない！　髪が傷んでも気にしない、なんとしてでも髪のビジュをよくしたい人が使ったのかな……。

アツヤ短髪だしヘアアイロン挟めないから使うはずないよな……。

部屋の掃除のときたままいじっちゃったのかな……？

まぁ勝手に置かせてもらってる物だから別にいじられててもいいんだけどさ。

なーんか背中に氷入れられたときくらい違和感がある！

ゾクゾクするなあ。私の中の全細胞が武器を構え出したんだけど、なんでだろう。

これから何かあるのかなぁ。んー、まぁ気のせいか。

私も気にしすぎだな。もうすぐ結婚式だから、敏感になってるだけだよね！

最近視力検査して一・五だったからって、無意識に未来の夫の細かいところまで見ようとしてるのかも。

ユミはゲップを喉の筋力で胃に押し戻す。

「ちょっとトイレ行ってくるね！」

「おっけーい」


「ゲポ！」

ユミはトイレのドアをそっと閉めて、押し殺していたゲップを解放する。

結婚が決まっているとはいえ、まだこういうことには気を使う。

早く戻らないと、とスカートをまくり上げながら便座のほうを向き……。

ん？　え？　なんで便座のフタ閉まってんの？　あれだけ言ってもアッヤ閉めたことなかったよな？

うわぁ！！！！！　トイレの小窓も閉まってる！！！！！

「虫が入るから閉めて」って言っても、いっつも「換気してたら閉め忘れた」って言い訳してたのに！

うわ！　鍵まで閉まってる！　おかしい！！！

なんだー？　さっきから確実に、細やかな同性の気配を感じる……。

メス……？　女……？　おなご？

この部屋に来たのかな……。え？　アツヤがそんな浮気みたいなことするわけないよね。

こんなこと考えるのも縁起が悪い！

ブルーレットよりも真っ青なマリッジブルーになりかけるユミ。

はぁ！　出すものしっかり出して、戦闘態勢に備えるぞ！

勢いよく水が流れる。

なんかスッキリしたらどうでもよくなってきた。

「ん？」

手を洗おうと向かった洗面台で、排水口の髪の毛に気づく。
あれ？　何この長い髪の毛。私こんなにロングじゃないんだけど。
明らかにアッヤの髪ではないよね。ってことは……。

女だぞー！！！　確実に女じゃねーかよこれ！！！！

疑惑が確信に変わるユミ。
この部屋に女が入ってきた形跡だー！
もう繋がったぞ！　全ての点が繋がって、ロン毛のしたたかうんこ女が出てきたよ！
すごいな、こんな長い毛残しやがって。
ええええちょっと待って、てことはこの女絶対私のヘアアイロンも使ったやん。
勝手に使いやがって！！！！！！　うざ！！！！
彼女の物勝手に使うなんて、どんだけ図々しいんだ！！！

「ご自由にお取りください」のアメちゃん全部持っていくタイプだろ！

飼ってる犬の名前、ズーズーか？
順番待ちしてるトイレで子どもが「おしっこ漏れそう」とか言って先に譲ってもらって

たら、「あ、じゃあ私も」とか言ってきそうなズーシー女め！

あああ最悪！　これって浮気だよね？

はあ、全身が冷たい感覚！　心臓が十六ビートで木魚叩いてる。

悲しい……まさかアツヤに限ってそんなことすると思わなかった。

しかも部屋に呼ぶとか、あのベッドでもう寝たくない！　二人の思い出のベッドなのに！

二人で書いた絵馬を知らない女に落書きされた気分！

今まで信じてた私を裏切りやがって……。アツヤ、許せない！！！

絶対他にも連れ込んだ形跡があるはず……。言い逃れできないようにしてやる！

とにかく他の形跡を探そう。

開幕だー！

であえであえー！！！

修羅場が大好物なミケ猿は興奮が止まらない。ケージの中で何度も宙返りをする。

も～こうなったら止められないぞ！　完全にロックオンだ！

獲物を泳がせ証拠を集め、そしてシメる！

泳ぎに泳がせるから、獲物は大海原で泳いでる気分だろう！

束の間の自由を味わえばいいっ！　気持ちいいか!?

勘違いするな！　私が作った養殖場で泳いでるお前は嘘つきマグロだ！

お前の周りはもう包囲されている！　今から自首しても、もう遅い！

しこたま泳がせて、甘いエサをたらふく食わせた後に、がっつりシメる！

そこまで肥えたらもう逃げられないだろう？　ははは！


浮気男の謝罪ザーサイユッケ丼にしてやんよ！


ユミの頭の中で確実なストーリーができあがった。

こうなったら誰にも止められない。思い知るがいい、とばかりに大股で部屋に戻る。

平静を装って第一声を発する。唇はほのかに赤みを増して大きく見える。

「はぁー！　おまたせー！」

「長かったじゃん。大丈夫？」

「あはは、ごめんごめん」

黙れ！　水虫垂らしゴリラめ。

「あー！　なんか鼻がむずむずするー！　ぶーー！！！！！」

ユミはわざとらしく盛大に鼻をかむ。

「大丈夫？」

「はぁー！　花粉かなー⁉」

「あ！　丸めたらティッシュは捨てなきゃだねー！」

ティッシュを捨てるふりをしてゴミ箱に顔を近づけるユミ。

どれどれ〜？

ゴミ箱は女の痕跡が一番よく残されているブラックホール。

は！！！！！　ジュースの紙パック？　なんだこれは！！！

アツヤはジュースなんて飲まないのに！　私がジュース飲んでると「俺はそんな甘いの飲めない」って言ってくるのに捨ててある！

おかしい！　これは確実だ！

チョコかうんちか分からなかったが、確実な臭いがする！

核心を突いてくる臭さだ！

ここまで証拠が残っていたら流石に言い逃れできないだろう！

靴下の中から商品が出てきても「万引きしてません」と言ってるやつと同じだ！

確実にやっている！

よーしっ！　それとなく問い詰めてやる！！！


ユミの目は狩人のようだ。その視線に、確実に逃さないという覚悟を滲ませる。

大袈裟に伸びをしながら、しかける。

「なんかさー、今ゴミ箱見たらジュースのゴミあったんだけど、誰か来たのー？」

アツヤの表情を見逃すまいと、注目するメンタリスト・ユミ。

「え？　ああ！　それ、この前後輩が飲んでたわ！　そいつ漫画読んですぐ帰ったよ」

「ふぅーん？」

嘘つけー！　絶対嘘だ！

後輩があんなオレンジジュース一本だけをちびちび飲むわけがない！

いつも宅飲みで45Ｌゴミ袋いっぱいの缶を飲み干してるくせに、なんでジュースだけで終わるんだよ。おかしいだろ！

後輩が髪長いわけもないし、ヘアアイロンも使わないだろ！

おかしな点が多すぎる！


ドンキのテープでぐるぐる巻きになってる商品くらい雑な嘘だな。


剥がすほうの気持ちも考えろ！

くっそー！　隠す気か！　海外のレジ袋くらい薄いその嘘で隠せるわけないだろ！

中身のけしからん行いが透けて丸見えなんだよ！

もおおお！　怒ったぞ！　お前が嘘つくなら、こっちも確実な証拠出してやる。

マヨネーズがなくなりかけて出なくなったときくらい思いっきり揺さぶりをかけてやる！！！

絶対にまだあるはずだ。言い逃れできない決定的な証拠を探し出してやんよ！

そしたら地にめり込むくらいの土下座で前座をしてもらい、両親を部屋に呼んで、ホワイトボードで自分のしでかしたことをプレゼンするという本番が待ってるぜ。

オバマ元大統領も驚くほどの**「イエス、ゆー、ざい！」**を聞かせてくれ。

ユミの脳内はさながら地獄の入り口で待っている閻魔大王である。

「ゲームしよーよ」

ユミの心のうちを知らないアツヤが、呑気にゲームに誘ってきた。

「あ！　いーよー！　やろー！」

ニコニコ答えるが、脳内では「スイッチのコントローラー両方なくせ！」と念じている。

「マリオカートね！」

ゲームを決める主導権を奪うユミ。

「じゃあ私はマリオにしよーっと！」

「だってさ！　マリオってすごいよね！　ずぅーっとピーチ一途じゃん？　クッパに何度もさらわれて、何回も遠距離になってるのに、デイジーと浮気したりしないもんねー！　それがすごーい男らしくていいなって思って！　だから私はマリオにする」

「お、おおお」

ユミの圧に戸惑うアツヤ。

「チーム戦にしよ！」

ユミの目は、これからゲームを楽しむ人とは思えないくらい血走っている。

「ピッ・ピッ・ピッ」

画面にキャタクターたちが揃い、スタート地点でカウントダウンが始まる。

スタートダッシュを決めるべく、コントローラーを握るユミの手に力が入る。

「ピー！！！」

ものすごい勢いでスタートダッシュを決めて走り出すマリオ。

「おらおらおらおらーあ！！！！」

レースゲームのはずだが、ほぼプロレスのように、並走しているキャラクターを次々になぎ倒していく。

「おらよっ、おらよっと！！！　おら！　おら！　おら！」

ユミの怒号が響く。

「あ、ちょ！　ユミ！　同じチームなのになんで俺に赤こうらぶつけてんの！」

本来なら同じチーム内で攻撃しないが、ユミにとっては、もはやチーム戦ではない。

見えている敵はただ一人だ。

「え！　ユミ！」

「うるせぇぇぇ！！！」

アツヤのキャラクターを攻撃しまくるユミ。

まともに走れないアツヤは明らかに混乱している。

私の心に青こうら投げやがって！　とげが刺さって痛いんだよ！

「ユミ！　俺に投げないでよ！」

「ん？　アツヤやっぱりロゼッタの後ろばっかりついていってるね？　そんなに女のお尻追いかけたいんだ」

「たまたまだよ！」

わけが分からないアツヤはユミの攻撃に耐えながら必死に答える。

「女好きだねー！　おらおらおらおら！」

さらなる攻撃をしかけるユミ。

よーし、そろそろだ。ここで勢いをつけて、ベッドの下を覗いてやる！

ベッドの下には浮気の証拠が隠蔽（いんぺい）されてることが多いらしいからな！！！！

コントローラーに力を入れすぎてユミの眉間に血管が浮き出る。

よし行くぞ！

「うわぁぁぁ！　急カーブがー！」

今だ！
コースのカーブに合わせて身体を反らせ、ベッドの下を覗き込む。

ん？　なんだ？
ベッドの下に白い紐が見えた。
手繰り寄せると……。
Tバック出てきたぁー！！！！！！
確実に黒じゃねーかー！！！！！
と、面積の小さいそれを持ち上げて心の中で叫ぶ。
黒より真っ黒だよこれは！
白のTバックとかほぼ着てないようなもんじゃねーかー！　裸エプロンか⁉
もおおおおおお許さんぞ！！！！！

「おおおおーいお前！！！！」
コントローラーをアツヤに投げつける。

「うわ！　何！」

「これ何！　こんなのがベッドの下に落ちてたんだけど！」

Ｔバックをアツヤの顔の前に突き出す。

「ええ、何それ！」

「しらばっくれるのもいい加減にしてよ！　家に女呼んでたんでしょ！！！」

「え⁉　呼んでないよ！」

「じゃあ、これはなんなのよ！！！！！」

「排水口に長い髪の毛あったし、ジュースのゴミとか、もう証拠出てんだよ！！！」

怒りが頂点に達したユミは止まらない。

「いや、だから本当にそれは後輩来ただけなんだって」

「まーだ嘘つくの！！！！」

「嘘じゃないって！」

「あぁー！　じゃあもういい！　第三者に判断してもらう！」

カバンから乱暴にスマホを取り出し誰かに電話をかける。呼び出し音が静かに部屋に響く。

「もしもし？　あのさ今アツヤの家にいるんだけど、ベッドの下からTバック出てきたし、排水口に長い髪あったし、ジュースのゴミがあったり、コップの配置変わってたの。これ確実に黒だよね？」

友人のアケミにかけたようだ。

「あーそれは、墨汁より黒いね」

「そうでしょ？　なのに認めないんだよ？」

「え？　そのアホ面見せてよ、テレビ電話にして」

ここで助っ人アケミの登場だ

ミケ猿は怒涛の展開に汗が止まらない。

アケミは困ったことが起こるたびに、ユミのことを助けてくれる友達だ。

女は浮気疑惑があるときに友人が現れると、**戦闘力が三万**になるらしい。

何も恐れるものはなくなり、無敵となる！

トコジラミも一匹ならまだいいが、百匹いたら大変になるのと一緒だ。

疑惑を晴らすために駆除業者を呼ぶしかない。

まあでも、女が疑うときはほぼ百パーセント、**浮気トコジラミはいる！**

熱湯をぶっかけるしかないな！　あっちぃーー！！！！


「はい、こいつが指名手配犯」

ユミは、テレビ電話にしたスマホの画面にアツヤの顔を映し出す。

「いや俺マジで何もしてないって」

「だめだね。脚の腱切れるまで飛んでもらお」

冷静に答えるアケミ。

「でしょ？」

「あのー、すみません」

知らない女の声が電話口から聞こえてきた。

「え、ちょ、どなたですか？」

「あ、ごめん。今友達と一緒にいるんだよね」

画面に映ったアケミの友達の顔はマリッジブルーのユミより青ざめていた。

「あの、私、霊感が人よりもすごくて……。その部屋今すぐ出たほうがいいですよ……。すみません」

ユミは慌てて尋ねる。

「え？　な、な、なんでですか？」

「彼氏に浮気されていると思っていたら、浮気相手側だったギャルの霊がその部屋に住み着いて、あなたと彼氏を狙っています」

「え⁉」

「別れさせようと女の痕跡を残してるようです。かなり怨念が強くて危険です」

「えええええ」

「部屋を見せてください」

「え？　あ、は、はい」

ユミは言われるがまま、スマホを部屋に向けて部屋全体を映す。

「は！！！　いる！　こっちをすごい睨んで、長すぎるスカルプを突き立ててます！」

「え？　じゃあ痕跡は全部……」

「さっき見つけたこの白いTバック……も……」

ユミは必死に状況を整理しながら、恐る恐る白い三角のそれをアツヤの頭に乗せる。

「よく見たらTバックじゃなくて、幽霊が頭につけてる三角の布じゃぁぁあん！」

「ひぃぃぃいいやぁぁぁあー！！！！」

「危険です！　今すぐ逃げて！！！！！　早く！！！」

スマホから女と友達の金切り声が聞こえる。

「うわぁぁぁぁ！！！」

「ぎやぁぁぁぁー！！！！！！」

アツヤとユミとミケ猿は大絶叫しながら一目散に部屋を飛び出した。

女の勘は当たらないときもあるようだ。

第2章

口から出たら思いのほかデカかった

CASE 5

「いい人」で終わる男に対する女の心理

ミケ猿は言っちゃった女を見たぞ

ドキドキ男か、安定男か、女を悩ます最大の二択。

スマホか、らくらくホンか。

ミケ猿の八十三歳の祖父は、私に会うたびに「スマホにしようかな」と言ってくる。

なぜ今ある安定を手放してドキドキを求めるのだ。

やはり**人は幸せに慣れてしまう生き物**なんだ。スリルを追いかけてしまいたくなる。

何も不便じゃない。心地いいはずなのに、自分に一番フィットしていても、火遊びがしたい。

やっぱりあのボタン一つでなんでもできた頃に戻りたくなるぞ！

今ある幸せを噛みしめろ！　周りに流されるな！

そして今でさえ「LINEに知らないやつが入ってきた」と鬼電してくる人がiPhoneに変えてみろ！　あたしゃコールセンターか!?　AppleCareより手厚い補償になっちまうじゃねーか！

今ある安定こそが幸せだ！　もう一度噛みしめてほしい！

そして祖父よ！　あなたは多分あの憧れの指紋認証は使えない！　指がシワシワだからだ！　大好きあいらーびゅ！

あるオフィスの結婚適齢期をチョイ過ぎたオフィスガールをミケ猿は覗きに行ってみた。

デスクに張りついて仕事をしているこの女の名はサチコ。

母親が自分の若き頃の教訓から、本当の「幸せを知る子」と言う意味でつけた名前らしいが、本当の幸せを探し続けマッチングアプリをスクロールする毎日。その手捌きだけは誰にも負けない自信があるらしい。**スクロール手捌き関東予選リーグ準優勝**は軽く行くと見込んでいる。勝者にはもちろん商社マンとのお見合いをよろしく。

実はサチコは二年前に苦い恋の教訓を得ているのだが……。

今日もお仕事頑張りマッシュルーム！　巨大すぎてテレビ出る！

ピピッ。アラームが鳴る。

あぁ来た来た消毒の時間だぁ。

コロナ禍では一時間ごとに消毒をする。

ぷちょぷちょぷちょぷちょぷちょぷちょぷちょぷちょ。ノズルから勢いよく出る消毒液。

フロアになんともいえない刺激臭が漂う。遠くで見守っているミケ猿の鼻にまで届きそうだ。

「バイ菌よ、さよなら」の儀式。

一日八回は流石に多すぎる。これ考えた上司、無菌室で発狂していてほしい。

人間そもそも一日に八時間も座っていい生き物なのだろうか？

立っても疲れる、座っても疲れる、寝てても疲れる。

うぅ、**身体ぼきぼきホラーマン**。

人間何をしても疲れるとか贅沢すぎる。結局のところナマケモノが一番最強説あるなぁ。

あの姿勢で永遠に涼しい顔してるもんね。木の上で耐久テストとかあったら絶対負けるわ。

ん？　あ！　お昼だ、やった！

サチコの顔から緊張が解ける。

腹が減っても戦はできるが確実に負けそう。お昼のために会社来てるまであるからな。

よーし行くか。

両手が天まで届くような勢いでサチコは勢いよく席を立つ。もし背後霊がいたら思いっきり頭突きを喰らわせていただろう。

「あ、サチ昼行く？」と聞き慣れた声。

昼を急ぐ同僚の脇をするりと抜けて、雰囲気イケメンの竹中がいつも通り声をかけてきた。

サチコはにっこりと笑って答える。

「あ、竹中くんお疲れ様。私、今から行くよ」

来たな、竹中。私のこと絶対に好きだろ。らくらくホンの操作くらい分かりやすい。

まぁ身長もそこそこ高いし優しいし、モテる分には全く嫌な気がしない。

むしろちょっとメイク頑張ってきちゃってる自分がいる。

今のところありか・なしかっていったら、あり寄りのアリーナ！

「竹中くんも今からお昼ってこと？」

「あ、そうそう一緒に食べようよ」

いつもの会話で始まるお昼時間。

「おっけー。じゃあコンビニ行こうよ」

「あ、いや買わなくていいよ、取りあえず行こ」と促す竹中。

「え？　あ、うん分かった」

戸惑いつつも竹中の後をついていくサチコ。ミケ猿も後をついていく。

エレベーターを避け、二人は階段で屋上へ向かった。わざわざ屋上に来る人はおらず、風が重いドアを閉ざし、騒々しいオフィスから二人を引き離した。


「わー久しぶりに屋上来た。気持ちいいね」

「ね、気持ちいいね」

優しい日差しが二人に降り注ぐ。そよ風は竹中の火照りを鎮（しず）めているようだ。

二人は唯一のベンチに腰かける。

「てか、お昼どうする？」

サチコが前髪を押さえながら不安そうに尋ねる。

「あのさ……はいこれ」

竹中がおもむろにカバンから何かを取り出す。

「え、何これ」

「実は、サチにお弁当作ってきた」

竹中は少し照れながらも自慢げに渡した。

「いや結構頑張って作ったんだぞ〜」

「あ、ええ嘘〜！　何作ってんの〜嬉しぃ〜」

うわーすごい。なんでどうして⁉

驚きが隠せないサチコ。

トゥーマッチトゥーマッチ！！！

え、え、なんで？

頑張って作ってくれたのは分かるけど、喜ばなきゃいけない感じがプレッシャー！

でもめちゃめちゃ愛が伝わってくる。

嬉しいけどちょっとカエル化になりそうな自分は見て見ぬふり。

まずい、カエルになるな自分！

せっかく作ってきてくれたのにそんなこと考えるな。

いや、でもこういう人が彼氏だったら絶対に幸せだよな。

めちゃくちゃ愛情注いでくれて、愛情の注ぎすぎで根腐れしそう。


「ほら、開けてみて、開けてみて！」

嬉しそうにお弁当箱を突つく竹中。

「あーうん、分かった分かった。いくよ」

サチコは恐る恐るお弁当のフタを開ける。

「あははすごい！　美味しそう！」

浦島太郎が玉手箱ではなく高級お歳暮を開けたときくらい大袈裟に喜ぶ。

「ほら、そこ分かる？」

指差す竹中の圧が強すぎて、人差し指が巨大矢印棒に見える。

「サチが前好きって言ってたタコさんウインナー作ったんだよ、ちゃんと」

「え、これか！　え、すごいありがとう！　わざわざ作ってくれたんだ」

「そうだよ、それはちゃんと味わって食べてほしいな〜」

くぅー！　こういう私が好きな物全部覚えてるところもトゥーマッチトゥーマッチ！

いや覚えてるのはいいけど、さりげなくしてくれ。

ご飯食べてるときにさりげなく私が好きな物注文しておいてくれたり、そういうのでいいんじゃや！

自分から全部言うな！　**ラブの押し売り販売か。**

「えっと、じゃあタコさんウインナーいただきまぁす」

あんむっと一口で頬張るサチコ。

「美味しい！」

「ね、美味しいでしょ。それ結構自信あったんだ。てかさこの前サチがおすすめしてくれた漫画あれ全部読んだよ。今度映画もやるみたいだからさー、まあなんか予定合ったら一緒に行こうよ」

読むな読むな読むな！　あれ全部で百巻超えてるんだけど！　全部読んだの⁉　一週間くらいかかるんじゃないの⁉　すごいんだけど。

サチコの表情が苦い。

おすすめしたら読んでくれそうだなとは思ったけど、この男ギャップがないんか？

外はサクサクなのに中はもっちりとかじゃなくて、全部もっちりなんよ。「ヤンキーのゴミ拾い」みたいなそういうギャップはどこへ？　安心して食べられる、もちもちギャップなし後味ももちおくん。


「ごちそうさまでした。ありがとう！　あ、これ洗って返すね」

量はやけに多かったが味は美味しく、サチコは完食した。

「いやいいよ洗わなくて」

「え？　嘘、だめだよ洗うよ！」

「いやいいってマジで、俺が食べてほしかっただけだからさ」

スーッと涼しい風がサチコの身体を一周して吹き抜けた。

「え、そう？　じゃあお言葉に甘えて、なんかごめんね！　本当ありがとう、ごちそうさま、じゃあ私そろそろ行かないと……」

「あ、うん。ありがとう！　また食べよう」

サチコは手を振り、空を見上げた。ひとまず退散。

いい人って掘り下げても掘り下げてもいい人なんだ

二人のやり取りを見ていたミケ猿は屋上で一人カレーパンを食べながら考える。

優しい男とクズ男、どちらを選んだら幸せになれるのか……。

そもそも選べる立場にいるのか……。

サチコは取りあえずキープすることを決めたようだが、サチコ、考えろ！

選んでるつもりが売り切れてる可能性がある！

めちゃくちゃ悩んで胃と脳みそと相談して決めたのに、「そちら売り切れでして」と言われて、何度、眼中になかったカキフライ定食にしたことか！

カキフライはいつも裏切らない！

でも半分食べたとき断面に現れる黒いやつ何!?

あれすごい生命を感じる！　さっきまで衣の塊だったくせに！

結局、何を選んだら幸せになれるかは分からないのだ。

進んでみないと分からない。フライングタイガーで逆走できないのと一緒だ！

もう一回戻って選び直すことはできない！　進んでみないと結果は分からないのだ。結果が微妙だったらしょうがない。ここにはなかっただけ。別の店に行こう。


お昼タイムが終わってデスクに戻るサチコ。

ピアニストのように軽やかな手つきでキーボードを叩く。

竹中くん優しいぃぃぃぃぃぃ！　優しいぃぃぃぃぃぃいいホワイトチョコ！

生クリームとか入ってるタイプのやつ！！！

絶対中にアーモンドとか入ってない生粋のホワイトチョコくんだぁあ！

うわーこれ二年前のクズ元彼と別れた直後の私がここにいたら、泣きながら「こういう男と付き合え」って言ってくるんだろうな。

「強いクズ、強引コーヒーも、優しく包み込む系ミルクもどっちも素敵」ってカフェオレのCMで泣いてたもんな。

コーヒーにガチ恋していた過去の私！

今なら分かる。ミルクを選べ！

「うわなんかお腹痛くなってきた、さっき食べすぎたかな」

「よしトイレ、トイレ」

竹中の愛情をもらいすぎてお腹が痛くなったサチコは席を立つ。彼の愛情は消化にいい成分が入っているようだ。

ふわーあ～すっきりすっきり！　さてさて、午後も仕事頑張るか。

デスクに戻ろうとしたそのとき、違和感が走る。

ん？　待てよ、パソコンの上になんか付箋貼ってあるぞ。

「サチ、お弁当喜んでくれてよかった。午後も頑張ろうぜ」

うわー！　メッセージの後に猫の絵描いてあるー！

心の中で大声で叫ぶサチコ。

猫の絵とか細々したものを描くな！　しかもめちゃくちゃうまい！

うわーなんだろうか、いい人だし彼氏にしたら最高に大事にしてくれそうなんだけど、なんか違うんだよな。

優しくしてくれるのと、頼りになるのってまたちょっと違うんだよな……。

首を左右に振るサチコ。

サイゼの間違い探しかな。違和感が大量に散らばってる。

見た目はそこそこタイプなんだけどなー。こんな贅沢言ってると、クズ元彼と別れて、「次は大事にしてくれる彼氏と付き合いたい」って神社の絵馬に書いた私の怨霊が湧き出てくるぞ！　だめだ切り替えろ。

付箋を恐る恐る剥がし、引き出しにこっそりしまう。

仕事仕事仕事ー！

窓の外は暗くなり、サチコの疲れ顔が窓ガラスに映る。

あー終わったー。なんか頭回らなくて残業になっちまったぜ。

広いオフィスには外のネオンが反射して寂しさがひとしお、いやふたしおである。

誰もいないし最悪だ。うわー！　もうこんな気持ちも消毒してしまえ。

ちょびちょびキュッキュッキュー！　ポンプの音がオフィスに響く。菌のお葬式チーン！

実はこっそり残っていたミケ猿は暇を持て余していた

女のハートのストライクゾーンは狭いというが、優しい彼を逃していいのか……。

これが吉と出るか大凶と出るか……。

ちなみに昔、ミケ猿は台湾旅行に友達と行ったとき、有名なお寺でおみくじをした。

おみくじが入った小さい箱が百個あって、自分の出た番号のおみくじを引くシステム。

中国語で読めなかったから、翻訳して教えてくれる窓口に持っていった。

そしたら一言だけカタコトで
「イ・チ・バ・ン・ワルイ」

え？　何？　こんなにある中で？

この後無事にホテルに帰れない感じ？

お財布落としてカラスに頭食べられながら小籠包の汁が目に入って気絶する？

怖いよぉ。他になんて書いてあるか分からないけど、多分待ち人も来なそう。

とにかくすさまじく恐ろしいことが書いてありそうだったけど、心は折れても胃袋は裏切らないミケ猿。その後七種類の小籠包を食べて幸せに寝ましたとさっ。


さてもう疲れたし帰ろう。よっこら少林寺挙法。

重い腰を上げて、だるそうにカバンを持ちオフィスを出る。

はー疲れたー、こっから帰るのだるいなー。所々電気消えてて怖いんだけどマジで。

薄暗いエレベーターホールを歩く。

「あれ？　え？　竹中くん何してんの？」

観葉植物の横にあるオブジェに竹中が腰かけている。

「え、竹中くんも残業？」

「お疲れ、いやーサチが残業してるから待ってたんだよね」

「え？　待っててくれたの？」

「はいこれ飲み物、疲れたっしょ？　結構やってたもんね、お疲れ様」

竹中はポケットから飲み物を差し出す。

「え？　あ、ありがとう」

一瞬で疲れが抜けていく。

うわーどんな温泉よりも染みるー。効果効能たっぷり！　嬉しい気持ちが湧き出るー。

なんかやっぱり好きになりそう。こういうときに心配してくれるのは嬉しいなー。

待っててくれたんだー。優しさってやっぱりいいなー。

心に栄養、ぬくぬく愛情、ぬるま湯生活っ！

「やっぱり夜は寒いねー、送ってくれてありがとう」

自販機の飲み物を飲みながら歩いている二人はいつもより距離が近い。

もらったミルクティーは少しぬるくなっていた。

「あ、荷物持つよ」

「え？　あーいいよいいよ別に重くないし」

「いやいや、持つよ。疲れてるでしょ」

「え？　あーそう？　じゃあありがとう。お願いします」

少し照れながらカバンを渡すサチコ。

優しさが染み渡る。**三時間寝かせたおでん大根かな。**今の私にはこの優しさのつゆが必要なのかもしれない。刺激のない温かい恋愛もありなのかな。お母さんにもらったマグカップも、最初はあんまり好きじゃなかったけど、だんだん手に馴染んで、今やイチオシにまで登り詰めたからな。

「あ、猫ちゃん！　かわいい見て見て！」

サチコは植え込みから出てきた猫を見つける。

「あ、ほんとだ！　かわいいね」

「触れるかな？　おいで猫ちゃん！」

サチコの呼びかけに続いて、竹中も無邪気に猫を呼び寄せる。

「おいでおいで、かわいいね、チュチュチュチュウッチュッチチチチチッ。

おいで、おいで。おー来た来た来た来た来た」

「俺、猫飼ってたんだよね。おーお前やっぱ分かるんかぁ〜〜。かわいいなー！　ホーレほれほれほれほれ！　気持ちいいか？　気持ちいいか？　あーしゃしゃしゃしゃしゃしゃ！」

なんか違う。

やめろー！　めちゃくちゃ猫撫で声ー！　めちゃくちゃかわいがるやん！

確かに「全然猫興味ないわ」とか言う人よりは百万倍いいけど。

絶対悪い人じゃないんだけどな。

やっぱりただの優しいやつは脇役になってしまうのか？

なぁ、しょくぱんまん。ばいきんまんのほうがかっこよく見えるのはなぜなんだ？

アンパンマンは世界を助けるためにあちこち飛び回るけど、ばいきんまんはずっとドキンちゃんのそばにいてくれるもんな。

女はなぜ悪い男に惹かれてしまうんだ？　だめだ、もう行こう。バイバイキン！

竹中の優しさにうんざりした猫はいつの間にか逃げ去っていた。再び歩き出す二人。

「いやーかわいかったなー。てかサチって好きなタイプ何？」

「え？　急に何？　えー好きなタイプか」

突然の質問に考えるサチコ。

「なんだろう。口が大きい人かな」

「え？　そうなの？　じゃあ口大きくするために頑張らないとっ」

そう言うと竹中は自分の口の端を持ち、広げてみせる。

「えだっあだだだだだ」

「あーもう何やってんの～！　おかしいよ～」

もう明らかに好きじゃーん、これ。絶対好きじゃん、めちゃくちゃ好きじゃん。

口広げようとするなよ。ちょっと恥ずかしがりながらやるな。

サチコは歪む笑顔を手振りで誤魔化しお礼を言う。

「あ、えと、竹中くん送ってくれてありがとう。私こっちの電車だからさ」

「あーそっかお疲れ様。気をつけてね」

「うんありがとう。荷物までごめんね、持ってもらっちゃって」

「じゃあ今度コーヒー奢ってもらっちゃおうかな～」

「うん、もちろんもちろん」

「じゃあまた明日ね！　気をつけて」

サチコはカバンを抱きしめ、急ぎ足で帰る。


数日間竹中からの連絡がない日が続き、サチコはほっとしているかと思えば、女心とは実に不可解なものである。

あーれー、なんか最近竹中くん全然私のところに来ないんだけど。

どうしたんだろう、飽きたのかな。この前送ってくれた帰りにもデートに誘うとかもなかったし、「ちゃんと帰れた?」的なＬＩＮＥもなかったんだけど。

なんか一押し欲しいところで来ないんだよな。

痒いところに手が届かない孫の手かな。

すれ違いがすごい。エスカレーターの上りと下りに乗ってるのかな。

あれなんでそっち行っちゃうの⁉　あれれれれれ⁉　みたいな。


ふと向けた視線の先、デスクの向こうに竹中の姿を見つける。

はっ、竹中くん違う部署の女と喋ってる！　私のなのに、なんなの！

剥がれないと思っていたシールが除光液であっさり剥がれたときのような感覚！　この前までの密着度はどこへ行ったのだろうか。あんなぽっと出の除光液女にあっさりと引き剥がされるなんて。

なんか嫌なんだけど。竹中くん私のことが好きなんじゃないの？　ムカつく。

あれ、なんか私嫉妬してる……？

自分の気持ちに驚くサチコ。

もう私やっぱり好きなのかも。私だけのものになってほしい！

サチコは余裕にさえ見える笑みを浮かべて、コピーをするついでに話しかけに行く。

「ねえねえ竹中くん」

「あ、サチどうしたの」

「なんか最近全然来てくれなくない？　お昼も誘ってくれないし」

「え？　あーごめんな。この前サチが行きたいって話してた猫カフェ下見に行ってきてさ、そしたら帰りに雨で風邪ひいて、うつしたら悪いから会わないようにしてた」

「……」

「ごめんって、すねるなよ～」

「……下見に行ってたの？」

え、すごい……。

そういえば数日前、猫カフェ行きたいって二人で話してたような？　ないような？

曖昧な記憶をたどりながら、サチコは首を横に振る。

下見とか頑張るところが違う！　もう無理だ。

「いやいややっぱだめだごめん竹中くん！　やっぱり四年熟成させたクソ苦いコーヒーがいいの！！！　あなたはほぼミルクなの！　めちゃくちゃ素敵な奥さんといい家庭築いてください！」

「どゆこと？」

口を開けてポカーンとしている竹中。

「ごめんなさい来世に罰が当たってもいいです！　途中で止まって終点までなぜか行かない電車なのあなたは！　いい人止まりなの！　ごめんなさい。私は終点でばいきんまんと待ってます！　**くらえ、コピー紙の目くらまし！**」

バサバサバサバサッ！

大量のコピー紙が紙吹雪のように天井を舞い、竹中の視界を奪った。

「え？　どこ行った？」

コピー用紙がはらはらと落ちると、もうサチコはいなくなっていた。

ドキンちゃんが一番モテる説。

CASE 6

彼氏欲しいと欲しくないの間でのたうち回る女の心理

ミケ猿は言っちゃった女を見たぞ

年中彼氏を欲しがっている友達が言うには、「彼氏欲しい感」が出すぎるとモテないらしい。

だから、わざと「別にいたらいいかな？　くらい」という大人の余裕感を身に纏うとよいらしい。

なんだその技は！　彼氏欲しい感を出して何が悪い！！！

喉から手が出て第三の手で手繰り寄せる夢を見るくらいには欲しい！

でもそれは隠さなければならない！！！

公園の猫に触りたい欲丸出しにするとモテないのと同じなのか⁉

「お前に触れなくてもいい。ただ景色を堪能しているだけだ。まぁもし来たら触ってやっ

てもいいが」くらいの心意気で座ってると来てくれる確率が高い。

そういうことなのか……。

彼氏の在庫はないが、補充もそこまで焦ってないアパレルベテラン店長のごとく、余裕を持って生きていくのがいい。

いらっ〜し〜ぁ〜せ〜〜！


ミケ猿が今日も夜道を散歩していると、女子会終わりの女たちに遭遇した。

女子と呼んでいいのか分からん女たちのその女子会は、「アラサー独り身パス

タは一人で二人前墓場まで隣人にしよう友の会」

というらしい。

寒い冬の夜に白い息を吐きながら固まる女たちは、南極のペンギンの群れのようで微笑ましい。アラサー独身女のおしくらまんじゅうの群れだ。

一人でも結婚して抜ければ群れは寒くて凍えてしまうのかな……？


「ねえマジで彼氏とか絶対いらないよね」

「それなマジでいらねえ」

「ありがとうね、今日〜！」

「マジでうちにとってはお前らが彼氏だから」

「え、うちもそうだよ！」

「絶対にマジでそれ」

「あ、私ここで曲がるわ。ばいばーい！」

「またねー！」

群れから出て一人帰っていくナナは三年彼氏がいないアラサー女子である。

「ねえリカ、ちゃんと歩いてよ」

「ちょっとちょっとー」

背後から友人たちの声が聞こえる。

「好き　感情　とは」とネットで検索するくらいには最近迷走しているようだ。

三年も彼氏がいないと、人間は恋の仕方を忘れてしまうらしい。

自転車の乗り方は身体が覚えているとかいうくせに、心は何も覚えていない。

元彼を美化した記憶だけは心にしっかりと残っている。厄介なものだ。

運命の人と一緒にいると眠くなるという記事を読んで、元彼が会っても寝てばかりいることをどうにか納得させていた過去を思い出して、足早に家路を急ぐナナであった。

うう寒っ！　結構暗いし寒っ！　早く帰ろ。

「ただいまー、ってまあ誰もいないけどね」

デカめの独り言を言うナナ。

一人暮らしのマンションはオートロックつきでペットも可だが、何も飼っていないナナは唯一の植物すらも造花である。世話をするより世話されるほうが好きらしい。

朝適当に出して散らばったマスクもそのままに部屋に入る。

あー寒い。エアコンつけないと。ピッ！　暖房暖房。強で、っと。

遅刻しそうでバタバタしてたから散らかってんな。

よいしょ。まあ片づけは後でいいや。早く温まんないかな。

頭から毛布被っちゃったりしてっ！

雪だるまのようになるナナ。

えへへー、とか言って。

いや彼氏欲しぃー！！！！！

めちゃくちゃ彼氏欲しいんだけど何これ！！！！？！？

え、温もりがないなー⁉

彼氏いたら「今どこ？」「ちゃんと無事に帰れたー？」とか連絡来るよね。

誰も安否確認してくれないんだけど。誰か私の安否を気にして。

暗い中一人で歩いてきたんだよ、あたしゃ！

友達といるときは彼氏欲しくないとか思えるのに、一人になった途端に湧き出るこの感情は何⁉　群れからはぐれて弱った途端に襲ってくるハゲタカなの⁉　まだ生きたいんですけど。

今私がここで急に倒れても誰も気づかねーやん。誰が駆けつけてくれるんでしょうか。マンションの管理人か？

彼氏がいたら「どうしたの？」「具合悪い？」「今すぐ行くわー！」とか言って、ドアこじ開けて駆けつけてくれるだろうに。

心細いよ、寂しいよ。

寒い季節はだめだ。冬の気候は人肌を恋しくさせる作用がある。

もし彼氏がいたら
「ねえ寒い。もっと近くに来て」

「どう？　あったかい？」

「もっと！」

「これくらい？」

「寒いね」

「ココア作ろうか？　靴下持ってきてあげようか？」

とかそういう**糖質爆上げ甘甘血糖値お化け体験**できるやんけ。

糖度がとちおとめよりある。

妄想が止まらないナナ。心の声は音量マックスだが防音性があるから大丈夫。これが心から漏れていたら、今頃家賃二か月分の違約金とともに近所迷惑で追い出されているだろう。

あー寒い、心から寒いんだが。彼氏がいるのといないのとでは、ヒートテック極暖を着ているか着ていないかくらいの差がある。

一人暮らしの女性は防犯のために「ただいまー」と言って帰るといいと聞くけれど、こだまする独身の声はきちー。真っ暗で誰もいない部屋がまたすごく響くんじゃー。

帰ってきても響き渡る孤独の声。こだまでしょうか？　いいえ誰でも。

ただいまただいまー！！！　誰かいませんかー！

んー待て、これで誰か返事してきたほうが困る。

実は二人暮らしだったとしたら恐怖だ。家賃もらわなきゃ。


怖がりなナナは、一人でいるときは部屋全体が見渡せるソファに座るのだ。

部屋も明るい雰囲気にしたくて家具もカラフルにした。

しかし途中でインテリアを揃えるのに飽き、統一性はない。ガチャガチャで出たかわいらしい置物が適当にテレビ台の上に置かれて、アラサーのナナを見つめている。


防犯のためといえば、男物のパンツを外に干しとくといいって聞くけど、初めて買った男物のパンツが防犯備品の一つとは虚しいなぁー。

たまにパンツを交換したほうがいいらしいけど、架空の彼氏のためにバリエーション七色パンツ用意しないといけないの？

悲しい！

ナナは一人自問自答しながらテレビ台の置物を人差し指で突っつき始めた。

彼氏がいない寒さは五年着古したヒートテックと一緒！　寒すぎる。

そろそろ新しい市場に出ねばならぬか。

いや待て、彼氏がいないということは……。

選び放題男バイキング状態だ。世の中の好きな男を選べるわけだ。

付き合わないでデートするもよし、フリーを謳歌して趣味を満喫するもよし、なんのしがらみもなく男友達と遊びに行ってもよし。

無理に一人の男に縛られる必要なんてないわ。アラサーといっても活きのいい二十代、いろんな男を品定めしてより高みを目指した女になるっていうのもありなんじゃないかしら！　いや登山家か！　と一人ノリツッコミをするナナは鼻をグフグフ鳴らしている。


「ピンポーン」

突然鳴り響くインターホン。ナナはビクッと肩を縮める。敵から隠れようと細くなるフクロウよりも縮こまりながら心臓をバクバクさせる。**恐怖の小枝ちゃん。**

へ？　この時間に誰？　零時過ぎてるんですけど？

え、こんな時間に誰か来ることある？　もしかしてストーカー？　怖？　え、何？

ドアから目が離せないナナ。

私が帰るところずっと見てたのかな？　……ってことは家バレしてる？

ええどうしよう、窓とか割って入ってこられたら。

すぐ向こうに誰かが立っているかと思うと急にドアの鍵が頼りなく思えてくる。

え、怖すぎるんですけど！　ちょっと待ってちょっと待って。もうだめだめだめ、怖すぎる。ママに電話しよう。

恐怖が頂点に達し、いてもたってもいられなくなり、震える手で慌ててスマホを打つ。

プルルルプルルル……。

「もしもし？」

気だるそうな声でナナの母が出る。声からして寝ていたようだ。

寝起きに機嫌がいいのは全宇宙でめざましくんだけだ。

「ママママママママママ！　助けてちょっと怖すぎる。ママあのね！　なんかこんな時間なのに急にピンポーンって鳴ったんだけどどうしよう」

「大丈夫よ、そんなの大したことないからー、私寝てたんだけど？　もうそんなことなんだったら寝るね、おやすみ」

「え、ママママママママママぁぁぁー！！！　ちょっとママ待って！」

電話が切れて、虚しい機械音だけが部屋に響く。


彼氏欲しいぃぃいいいい！！！！！

心の奥底から湧き出る切実な声、不安だけが殺風景な部屋に充満していく。

やっぱ彼氏欲しいぃぃぃいい！！！

誰よりも！　心配してくれる人が欲しいぃ！！！

心細いよー、ギャルが吸ってるタバコよりも細い！

ここで誰か入ってきたとして、私のこと一番心配して駆けつけてくれるのって、ALSOKやろうか。ALSOK兄さんが私の運命の人だったんかな？

ナナは目の前に転がっているパジャマを力一杯握りしめて、再びドアの気配を目だけで追った。

夜の帷（とばり）はお構いなしに襲いかかる。

助けて～！　屈強な肉体でお姫様抱っこして～！

この人肌恋しい地獄から私を救出してほしい！　ＡＬＳＯＫ兄ぃ～！！！


「すみません間違えました～」

酔っ払っているような呂律が曖昧な女の声がドアの向こうから聞こえた。

なんだよ、ピンポン間違いかよ。

ナナは安堵の緩みから一気に身体中の毛穴が開いた。

人様の寿命なんだと思ってんだ。**五分間くらい寿命縮んだぞ。**

臨終前のありがとう言える時間なくなったからな、今。

「ナナおばあちゃん、何⁉」

「あ、ありが、あり……」

「え、何⁉」

ってなるからな！


ううう寒ぃ。

一応動いてはいるものの、フーフーと虫の息で鳴るエアコン。こんなときは静音機能とかどうでもいいから傘ひっくり返るくらいの爆風奏でてくれよと思うナナ。

全く効かないエアコンに腹が立ってくる。

お腹空いたからコンビニ行こう。さてとからあげ棒、からあげ棒！


フード代わりにマフラーを頭に巻きつけ、居酒屋の臭いが染みついた服のまま外に出る。薄暗い路地を右に曲がって最初の信号を渡ればコンビニがある。寒さ対策優先の最低限の格好で近所のコンビニへ向かう。

面倒で靴下を履かなかったことを後悔しながら、早歩きになる。

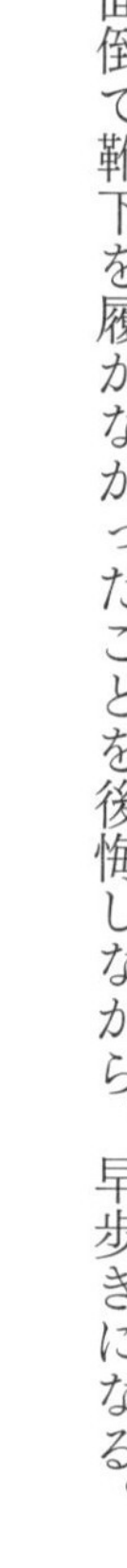

からあげ棒を食べたことがなかった頃のミケ猿

からあげ棒は、ただのからあげを串刺しにしたものだと思っていた。

友達が「セブン‐イレブンのからあげ棒本当に美味しい」と言ってきても、味の想像が完璧にできていたので買わなかった。

私のばかめ！　全く違う！
たまたまセブンに寄ったときに気分でからあげ棒を買って食べた私は発狂した！
なんだこれ！　からあげを串刺しにしただけかと思ったが全然違う！
カリカリしてて硬めのスナックのような！
でもからあげの親戚の味でジューシーだった！
串に刺すだけでこんなに美味しくなるなんて、焼き鳥を発明した昔の人を尊敬する。
焼き鳥もみんなで食べようと思って串から外した途端に魔法が解けちゃうもんね。
びっくりだよね。急に、「あれ？　ゲレンデマジックかな？」って思うよね。
居酒屋マジック。串に魔法がかかってる。串ってすごいよね！

ナナは数分でコンビニに到着し、中に入る。
入店するや否や、陽気なクリスマスソングが頭上を流れる。
トナカイさえもカップルになってお祝いされているようだ。
え、嘘だろ。
うわぁあああああやめろぉぉぉぉぉおおおクリスマスソングか！

そうか来月クリスマスだからか！　まだ十二月入ってねーぞ。

コンビニ早すぎるだろうが！

ううう、私としたことが油断した。

普段は彼氏なんかいなくていいと思うが、クリスマスだけは殺しにかかってきてる。

楽しそうなサンタの顔を見るだけでムカつく。トナカイの皮被った吉田沙保里さんを送り込んでやりたい。

あー赤と緑と白で華やかにデコレーションするな！

……と思ったがセブンはもともとそういう色か。

ハッ！　クリスマスケーキの予約！　お一人様には明らかに大きすぎるホールケーキ！

しかも賞味期限も一日、二日しか持たないとなれば、必然的にターゲットはお一人様じゃない。クリスマスチキンの予約ももうやってんのか。

あーだめだ、苦しい……。早く帰ろう、ここにいては危険だ。

「あのすいません、からあげ棒一つください。あ、一人なんでねぇ、一つで十分なんですね、はははは」

聞かれてもいないことを言うナナ。

「からあげ棒ですね、かしこまりました。こちらになります」

外国人店員は無表情でからあげ棒を渡す。

はぁはぁ、しばらくはコンビニも危険だな。私の心を惑わしてくる。さっさと帰ろう。

ナナは、からあげ棒をホッカイロのように握りしめて外に出る。


眩しい、なんだこれ！　うわぁイルミネーション。

こんな時期からもうやってんのか。季節先取りしすぎだろ、パリコレか。

イルミネーションのＬＥＤとカップルが容赦なく眼球を潰しにかかる。

うわぁ、イルミネーション綺麗だなぁって言いたい。

彼氏が横にいたらかわいらしい会話になるのに、今私が言ったらただの独り言がデカい不審者になる。

はぁ、隣に彼氏がいないだけでこんなにも温度差がある状況になるのか。

もうこんな時間なのにまだ光ってやがる。

ということはカップルが食事した後の甘い散歩道を明るく照らしてくれるってか。

くぅなんて粋な計らいだ。**光も時間外労働だろ、残業申請しろよ。**

私も死ぬほど年金もらって老後を明るく照らしてもらいたいね。
はぁだめだ。退散！　外はトラップが多すぎる！
スタコラさっささサンローラン！

全身真っ黒な格好で急ぎ足で帰っていくナナ。
玄関を開けてありったけの腕力で勢いよくドアを閉める。
うぅ寒い寒い。せっかく暖房つけっぱなしで出たのに心が冷え切っちまったぜ。
さーてさてさて……。
手汗で少し外装がしっとりとしたからあげ棒を取り出す。
もぐもぐ。美味い美味い。
あーだめだ、テレビでもつけて紛らわそう。

ちょうどドラマが放送されていた。部屋に人の声が溢れ出す。
はぁいいね、よしよし。
一人暮らしの部屋に他人の声が跳ねるっていうのはなんか落ち着くよ。

こうやってベッドの上で何か食べても怒られないし、ぬくぬくしながら好きな物を誰にも邪魔されずにかぶりつけるっていうのはやっぱりフリーの特権だね。

あたしゃ引退した競走馬。もう走り続ける人生は堪能したのさ。

ゆっくりからあげ棒を食らうのさ。

彼氏にとやかく言われないなんてこんな楽なことはないわ。


「行かないで！　やっぱり君が好きだソンジュ！」

「私も！　パクさん！」

「僕たち駆け落ちしよう！」

なんで韓国ドラマやってんだぁぁあああ！

おいやめろやめろやめろ！

チェンジチェンジチェンジ！

リモコンのボタンを高速で叩く。

韓国ドラマは危険だ。彼氏が五人くらい欲しくなる。

「初耳ポイント、タートルネックを着る女はモテない」

「え、そうなんですか？　先生」

なんだこの番組。チェンジだ。

次のチャンネルはイルミネーション特集してんじゃねえか！

もう消せ消せ消せ！

おい、なんだよ。今の世の中のテレビはシングルに厳しすぎないか？

作ってるやつみんなリア充か！

ＷＯＷＯＷみたいな感じでフリフリっていうフリーの人が見る専用のやつとかできないかな。

ああこういうの見ちゃうと、別に虚しくないのに虚しくなってくるじゃねえか。

周りがペアになるから一人が悲しくなるんだよ。

学校の自習の時間も勝手に机くっつけて勉強するな！　シングルのやつが目立つだろうが。

うーん、別に一人でよかったのにこういうのがだめなんだよな。

一人で楽しくやってんのによ、彼氏欲しくなっちまうじゃねえかよ。

別にこっちだっていい人がいたら付き合いてえけど、いい人がいねえんだからしょうがねえだろ。

多分全国の「いい人」はどっかのコストコとかに集められてんだ。あまりにいなさすぎる。

ああ彼氏欲しい彼氏欲しい彼氏欲しい！

からあげ棒二本買いてえよ。「あなたのよ」とか言いたいねえ。

温もりが欲しいよ、手繋いで外歩きてえよ。誰かのためにおしゃれして褒められてえ。

ハグとかもしたいよ。温もり！　彼氏！

あああああだめだもうこんなこと考えるな。もう寝てやるからな、クソ！


布団に勢いよくもぐるナナ。

デカめのイモムシになってウジウジしながら、頭の中で繰り広げられる論争に苦しむ。

うとうと……そんなことをしているといつの間にか眠りにつく。


来世はファビュラスなモテ蝶々になっていますように……。


数か月後、ナナは初デートを前に浮かれていた。

三年ぶりに獲物ができたアラサーは狩猟の準備に手抜きはしないようである。

ふっふっふっふっふっふっふっふっふっふ！

まさかまさかの私に三年ぶりに彼氏ができるなんてな。

ははは、思いもよらなかったよ。できちゃったよ。彼氏様が。

ドークドクドクドクドクッ!!

舞い上がれ！！！　恋愛だぞ！！！　ここぞとばかりに鼓動しろ！！！

やっと日の目を浴びるときが来た！！！

これから女性ホルモンがドバドバ出てお肌がツルツルガングロたまごちゃんになるんだぞ。

しかも明日は付き合って初めてのおデート！　楽しみ！

おまたせって言って後ろから抱きつかれちゃったりして！

えっ、ちょっと待ってよ、抱きつく？

ナナは右手で左の手首から肩に向かってなぞった。

ジョリ。

そういや彼氏いないからって脱毛サボっててずっと行ってない。

すさまじい生命力の毛たちが生えてきてんだよな。

あっ、眉毛の植民地も拡大してる。眉毛サロンなんて行ったこともないけど、これを機に行かなきゃかな。

あ、そうだ。そういえば彼氏いるときはダイエット頑張ってたけど、お腹なんか見せないのをいいことに、**週五で深夜の辛ラーメン爆食いツアー**やってたな……。

痩せなきゃまずいな。

うわ、彼氏から「明日楽しみだね」って連絡来た。

待って、そういえば明日何着て行こう。流行りの服とか全然買ってないからこの前の服もう一回着るか。いや流石にやばいか、服ないと思われるもんな。

うーん……。

ナナは散らかった部屋の中をルンバのように行ったり来たりし始める。

「やっぱ彼氏めんどくせえ！！！！！！」

手に入れたら魔法が解けちゃうことあるよねっ。

CASE 7

振った彼氏が未練なさすぎてやっぱり別れたくない女の心理

ミケ猿は言っちゃった女を見たぞ

たまにとんでもないことを口走ってしまうことがある。

でも、後悔しても遅いずら！

そんなときのために魔法の言葉をシェアハピしてあげよう。

「なんちゃって」だ。

これが今さっき吐いた黒カビのような本音も、カビキラーみたいになかったことにしてくれる。

間が大事だ。すぐに使わなければならない。やらかしたと思ったらすぐに漂白しよう。

言っとくけどこれは応急処置だ。何も言わないよりはマシというレベル。

通用しない場合もあるから注意してくれ！

ミケ猿の経験からいくとカビキラーより効果は薄い。

言葉は口に出す前によく考えよう。ゴミの分別のときのように。

そういえば、電池って……どうやって捨てるんだっけ……？


夜の公園で何パターンかの発声練習をしているアミ。彼氏を呼び出して今から別れ話をするところだ。


夜空には星が瞬き、彦星を呼び出すには絶好の星数。

ミケ猿は木の影からアミを覗き見る。

すると一人の男が公園にやってきた。彼氏だ。早歩きでアミの元へ駆け寄る。

「どうしたの？　こんな時間に。危ないでしょ一人でいたら」

「あ、あのさ、急に呼び出してごめんね？」

第一声が裏返った。

「全然いいよ！　なんかあったの？　大丈夫？」

心配している様子の彼氏。乱れた息と、ダウンにサンダルというチグハグな格好から、急いで出てきたのが分かる。

「わ、私、ヨシキと付き合ってから本当に色々助けられて……楽しいこともたくさんあって、もちろんたまに喧嘩とかしてたけど……成長できたかなっていう部分もあって……でもやっぱり、なんかヨシキにはもっと合う人がいるかなって思えてきちゃって。だから私と……あの……**別れてほしい！**」

「うん！　分かった！　おっけー！　じゃあ！」

サッと振り返り歩き出すヨシキ。

アミは一瞬のことでわけも分からず、追いかけてヨシキの腕を掴む。

「いや、ちょちょちょちょっとちょっと待って」

「え？」

「あ、え？　あ……えっと、だから、私は本当に未熟でわがままで自分勝手だったなって思ってる」

「うん！　そう思う！　じゃあ！」

アミの手を振り払い歩き出すヨシキ。

「いや、あ、ちょっとちょっと待って」

あっさりすぎるだろー！！！！！！！

え？？？　夏の冷奴かな？　あっさりすぎるよ！　喉元するん！　だよ。

え？　え？　なんで？？　泣き叫べよ！　引き止めろよ！　土下座しろよ！！！

もう引き止めてくる前提で手を振り払う角度まで練習してきてたんですけど！

え？

引き止められてもいないのに手振り払ってたら一人太極拳やん。

精神統一しちゃおうかな？

むしろ今理解が追いつかないからお坊さんに警策で肩叩いてもらいたい！

なんで？　なんで？　なんで引き止めないの？

私という女にはもう二度と会えないんだよ？　いいの？？？

この言葉の意味理解してないのかな？

もちろん別れるつもりで来たけど、もっと引き止めるとかないの？？

私が出かけるときの実家の犬よりあっさりやん。

せめてもうちょっと寂しがれよ。お見送りくらいはしろ。お前のお尻しか見えないぞ。

なんでこいつこんなに飲み込み早いんだよ！

状況飲み込みの早食いフードファイターやん！


さーて！　誰が一番この状況を飲み込むのが早いのでしょうか⁉

おっと！　ヨシキ選手圧倒的な飲み込みの早さで他の選手を寄せつけません！

だめだ……こいつがさっぱりしすぎてむしろ私が二年くらい引きずりそう……。

そんな**未練タラコ**にはなりたくない！！！


アミは再び追いかけてヨシキの腕を掴み、地団駄を踏み始めた。

天空を仰いではため息を吐き、かと思えば街灯を見て電球と睨めっこをする。

どこで間違ったのか。どこまで戻ればなかったことになるのか？

混乱しながら、破れた布を縫い合わせるように、眼球を右、左と交互に動かして考える。

ほら見たことか！

ミケ猿は口から出そうになる本音を押し殺した。

軽い気持ちでどデカ発言をするな！

一度どデカく出た歯磨き粉はなかなか元に戻せない！

後悔しても遅い。

洗面器にでも落ちてみろ！　しばらく取れないでこびりつきやがるぞ。

一度どデカく出した言葉は、相手の心にこびりついてずっと離れないのさ！

小さい頃に、亀を飼ってるおじちゃんの喫茶店によく行っていた。

そのとき水槽にマリモがいたんだが、「マリモには目があるから探してごらん」と言われて、ミケ猿は一生探していた。

毎回喫茶店に行くたびに目がどこにあるのか死ぬほど探した。

目つぶってるだけかなと思って揺らしてみたりもした。

裏側についてるのかなと思って転がしてみたりもした。

あらゆる手を尽くした。

その間、母とママ友は楽しくお茶をしていた。

今でもマリモを見るたびに震える。ブルブルブルテリア！

こんな感じで言葉はときに、人の人生を狂わせることがある。

言葉には気をつけるのだ！

「あ！　ちょ、ちょっと待って！」

ヨシキの腕をしっかりと掴んで放さないアミ。

「あのー、やっぱりあれだ！　うん、あの、まあやり直したほうがいいね！　うん、ちょっと二人でちゃんと考えようか」

間髪を入れずに答えが返ってきた。

「いや、いいや！」

深夜の暗闇の中、稲妻がアミを目がけて直撃する。

「ちょちょちょっと待って」


おおおおーい！！！！　まずい！！！　全く引き留まってくれない！

思ってたのと違うー！！！

やばいやばいこのままだと私が振ってるのに振られるっていう矛盾が生じる！

時空の歪みかな？　ムカつくー！！！

当初の予定とだいぶ違うんだけど⁉　狂いすぎてる！！！

湘南で泳ごうと思ってたら北海道でジンギスカンかじってたみたいな？

やばいぞ。なんでこいつこんなに吹っ切れてんだよ。

途中で仲間死んだのに、先に進むサバイバル映画の主人公か⁉　もうちょっと悲しめ！

なんなんだよ！！！！！

はっ！　気づいたらちょっとずつ駅のほうに移動してる……。

帰ろうとしてるやん、こいつ！！！！

アミはいつの間にか自分たちが公園の敷地から出そうになるほど移動していることに気づき、焦る。電車の音が背中を押すような太鼓のリズムに聞こえて、かすかに見える遮断機の点滅が余命宣告のカウントダウンに思えてくる。

「いや、ちょっと待って。でもさ、私だけじゃないよ！！！　あんたにも悪いとこあるんだよ、私がこうなったのもあんたのせいなんだから！」

もうヤケクソになるアミ。

「はぁー、せっかくアミと付き合った記憶は楽しい思い出で終わりたかったのに、やめて

よー」

ヨシキはガックリと肩を落とす。


なんだそれー！！！！！

心の中で叫び散らかすアミ。

勝手に終わらすなよ！！！！

私にとっては楽しい思い出ばっかじゃないから！　美化すんな！！！！！

家事に変にこだわるとこ、ケチくさいとこ、他にもいっぱい言いたいことあるんだよ！

クソがー！！！

引き止めてきたらかっこよく振って別れようと思ってたのにー！！！

完全に彼にバトンを渡してしまった。

なんなんだこれは！！！　全然思い通りにいかない！！！

振る前に戻れ！！！　やり直し！！！！！　このままでは終われない！！！　時を戻そう。

「ちょっとさ、ちょっとそこ座ろうよ！　そこ！」

気を取り直して、アミは公園のベンチにヨシキを誘導する。

全く乗り気じゃないヨシキは渋々ベンチに座る。

「ちょっと一回話そ！」

「……」


「なんかまぁ……」

沈黙を割るように話し始めるアミ。

「いい思い出もあったよね？　えーっと、二人でさー、八景島シーパラダイス行ったことあったじゃん！」

どうにか未練を残させて振りたいアミは二人の思い出話をする作戦に変更する。

「あれ楽しかったじゃん！」

「あー」

ため息混じりにヨシキが答える。

「品川の水族館行ったのに、魚小さいとか言い出して、急遽八景島に向かったけど十時間

の渋滞で不機嫌になって、水族館のスタッフにもメンチ切ってたよね。お土産で機嫌直したけどね」

しまったー！　思い出のチョイス間違えた！

アミは苦い思い出を掘り起こしてしまう。

まずいまずい。

必死に記憶の中の楽しい思い出を捻り出す。

「ほ、ほら！　付き合いたてに上野動物園にも行って、あれも楽しかったじゃーん！」

「あげちゃだめって俺言ってんのにソフトクリームをアルパカに舐めさせて、飼育員さんに怒られて逆ギレして、しばらく機嫌直らなかったやつね」

だめだー！！！！

思い出のチョイスミス！！！！　ケアレ・スミスもびっくりだよ、普通にどデカミス。

作戦はどんどん悪い方向に作用していく。

なんだなんだ？　そんなことあったっけ？　忘れてたんだけど？

「された側はいつまでも覚えている」とはこのことらしい。

アミには楽しい思い出だけ残っていたが、相手もそうとは限らない。

完全に不利な状況やん、どうしたらいいんだ……。
勝ち筋を見失ってしまったアミは途方に暮れる。

ミケ猿はそんなアミを木の上から眺めながら同情する

自分が気づかないうちに相手の不満が溜まってることあるよねっ！
お風呂のお湯が溢れちゃうときみたいなっ！
まだいけるかな？　って思ったけど、気づいたときには溢れちゃってた、みたいなっ！
カップルで、別れるときに勝ち負けを気にするやつがいるらしい。
どっちが振ったかは重要だ。その後の傷の治りに関係してくるぞ。
別れた後にGoogle検索するときのワードも変わってくる。
検索「振られた　立ち直り方」
検索「外国人　イケメン　どこの国」
全然違うだろう。
別れ方によっては、コチョコチョかと思ったらボディーブローくらい、後からじわじわ

効いてくることがあるからな。

別れ方はしっかり見極めるのだ！　試合に負けても勝負には勝て！


痺れを切らしたヨシキがベンチから立ち上がる。

「もう行くわ！」

「ま、待って！」

「ぐすんぐすん、う、うえええええんんん」

もうプライドもクソもない。アミは本当は使いたくなかった最終奥義を出した。

「やっぱりヨシキしかいない！　なんかこんな感じで別れ話してごめん急に！　やっぱり別れたくない。自分勝手でごめん。私が悪かった」

「うん、そうだね。最初、思ってもないこと言って別れようとしてたもんね」

ヨシキが頭を掻きながら公園を見渡す。

「えー、どーしよっかなぁ。俺また情に流されるのかー」

「じゃあ、俺が言う条件全部呑んで、それがちゃんとできるか三か月チェックするわ」

「はぁ？」

アミの心の声が漏れる。

「その間、俺は何も言わない。そんでちゃんと全部できてたら、いいよ、やり直しても」

きもー！！！

ズレた提案をするヨシキの勘違い顔を見て吐き気がするアミ。

何こいつ！！！！　こっちが下手に出りゃ調子乗りやがって！

なんで全部お前に合わせる前提なんだよ！

もういいわ！　こんな上から目線のわけ分からんやつとやり直さなくて大いに結構！

こっちから願い下げだわ！！！

アミは蒸気機関車のように大きなため息を吐き出す。

「いや、いいや！　何その上から目線！　こんなやつとは別れて正解だったわ！　ヨシキなんか知らない！　別れるわ！　さよなら！」

今までで一番の声量で捨て台詞を吐いたアミは、満足げに振り返り足を踏み出す。

もう未練はない。やってやった。

そう思いながら公園の反対側の出口の段差に足をかける。

「おっけーじゃあねー」

遠くからヨシキの声が聞こえた。

「やっぱりちょっと待って、ねえ！　ちょ、ちょっと待って？？？」

急回転しヨシキを追いかけ走り出すアミ。

試合を見届けたミケ猿は木の上で寝床を整える。

アミは試合に負けて勝負にも負けたとさっ。

論理的に話す男 VS. 感情的な女の心理

ミケ猿は言っちゃった男を見ちゃったぞ

ミケ猿は親戚たちに昔から口が軽いと思われている。

心外だ！　口が軽いのではない！！！　滑ってしまうのだ！！！！

軽いのと滑るのとでは大違いであることを分かってほしい。

過失かおっちょこちょいか、だ！！！

秘密を滑らせてしまったとき、私はこう言う！

「あ、今のはなかったことに！」

そういうときだけホグワーツに入りたいと思う。

記憶消去の呪文だけ体験入学で教えてもらえないかな？

そのせいで何度母に怒られたことか。

今では母が私に秘密を話すとき、本当にしょうもない秘密しか教えてくれなくなった。トップシークレットの下の下の下のどうでもよさげシークレットしか教えてくれない。だいたい最近は「あっやめとこ、あんた口軽いから。ベラベラ話すから」だ。

ひどい！！！！　ベラベラ話しているわけじゃなくてベロが人より長いだけだ！！！

確かに秘密が口から滑っちゃうときもあるが、ちゃんとそのときは秘密の持ち主に報告している。「秘密が滑りました」と！　報告してるだけ偉いよね！

ミケ猿のお隣に住むのは、看護師をしている二十五歳の若干仕事に疲れているカナである。今日は夜勤明けの休日。ミケ猿の部屋の隣から、かすかにバタバタと振動が聞こえてくる。

ずっと楽しみにしてた猫カフェにやっとタカくんと行ける。

カナは朝からウキウキで、脳内では既に猫カフェで楽しむ妄想が始まっている。

休日だから混むかしら。猫より人間の密度のほうが高かったら流石に猫じゃらしぶん回しちゃうけども。

と思いながら、目いっぱい猫と戯れられる三軍の洋服を選んでいる。

さーてさてさてっ……。

「タカくーん、準備できたー？」

「もうとっくにできてるよ」

「へいへい、行こー！」

夜勤明けの休日はテンションが高いのだ。

タカくんマジで休日の過ごし方というか全てにおいてこだわりないよなぁ。

毎回私の行きたいところに付き合ってくれるからいいけど、こだわりという言葉をお母さんの子宮に置いてきちゃったのかな。**こだわり無添加男。**

「休日どこ行きたい？」って聞いても「どこでもいいよ」って言うし、何もなければ家でゴロゴロしてるし、流れに流されて生きてる気がする。流木男かな？

私という荒波についてこれるかな⁉　スピードジェット！　わがまま破天荒娘！！！

あいつが唯一こだわるのは靴下だけだ。五本指ソックスじゃないと指がくっついて気持ち悪いらしい。なんだそれ。前世ドラえもんかな？　五本指ある感覚にまだ慣れてないのかな？　今世で慣れようねっ！

タカの車に乗り込む二人。

「ナビセットするから場所教えて～」

カナがスマホで住所を見せ、車が発進する。


タカくん猫アレルギーなのにいつも付き合ってくれる。

優しいっ！　優しさパン祭りっ！

この猫カフェ最近新しくできてずっと行くの楽しみにしてたんだよな～。

どれどれ～？　在籍してる猫ちゃんのプロフィールでも見よっと。

カナは猫カフェのＨＰをチェックする。

「へ！　かわいい！　ねぇ見て！　このどんぐりくん、めっちゃもふもふじゃない⁉」

「ちょっと待って。今危ないから」

タカは視線も向けず注意する。

「およ、ごめん」

チェッなんだよ～。

はぁぁぁぁん。猫の肉球の椅子とかあったらその上で生活したい！

猫の肉球しゃもじでご飯よそって、猫のひげ爪楊枝で歯に挟まったご飯取りたい！！！

猫の耳の中の匂いの芳香剤あったら玄関に置きたいな。タカくんも猫じゃらしで遊んだりしてみたいって言ってたし、これで猫ちゃんにハマっちゃったりして……⁉


「どの辺～？　もう着くけど」

「え！　もう着くの⁉　早いね！」

「えーっとこの辺なんだけど～」

カナはスマホのマップと現在地を照らし合わせる。

「あ！！！！　あった！！！！　あそこ！！！！」

前方の店を指差す。

「え……あれ、なんか……これ……」

「閉まってない？」

「え……⁉　え⁉　え⁉　嘘！！！！！！！」

猫カフェらしき店は明かりがついておらず、扉も閉まっている。

「最悪！！！！　なんで⁉　今日営業日のはずなのに！！！！　HP見てみる！」

忙しなくスマホを操作するカナの手がある一文で止まる。

「猫ちゃんたちが風邪をひいたのでしばらくお休みです」

「最悪……タカくんと今日行けるの楽しみにしてたのにぃぃぃぃぃ！　もう猫の気分になっちゃってたのに……。そうだ！　近くに猫カフェあるか探してみる！」

「あるかなー」

「あ！　あった！　あ……でも定休日だ……。あ！　でもここならちょっと遠いけどやってる！　行こう行こう！」

一人で騒ぐカナを余所に、タカがようやく口を開いた。

「また今度でよくね？」

「……え？」

一瞬沈黙が流れる。

「いや、また今度でよくね？」

「何それ……」

「え？　怒ってる？」

少し戸惑いつつも車を走らせるタカ。

「もういいっ！　帰る」

「え？　他のとこ行かなくていいの？」

「……」

「じゃあ帰るよ？　いいんだね？」

口を閉ざすカナ。二人を乗せた車は元来た道をたどり帰路につく。

ミロの思い出

二人が争っているとき、ミケ猿は家で昔飼っていた猫のことを思い出していた。

小学校三年生のときに飼っていた猫だ。

もう本当にかわいくてミルクティーみたいな色だった！！！

野良猫だったのを拾ってきたんだが、本当に綺麗で、「ミロ」というかわいらしい名前

がぴったりだった。

抱っこはあんまり好きじゃなかったけど、いつも一緒にお昼寝してくれて、ご飯をよく食べてどんどん横にも大きくなった。

冷蔵庫の横の隙間に入るのが好きで、病院に行くときのケージに入るのが大嫌いだった。

そんなある夏の日、暑かったからドアを開けてみんなで家族写真を見ていたら……。

猫がいないことに気づいて、冷蔵庫の横も寝床も探したけどどこにもいなかった。

ドアから外に出てしまったらしい。

急いで外に出てみんなで名前を呼んで探した。

「にゃーごー！　にゃーごー！」

ミロという名前だったのに、にゃーごと鳴くからいつの間にか名前はにゃーごに変わっていた。あんなにかわいい名前だったのに、いつからか「にゃーご」。

その名前が嫌で逃げたんだきっと……。

悲しい思い出だ……。


ドアの鍵を開けるや否や、カナの感情は爆発した。

最悪ぅぅぅあああああああああああ！　なんだよあの言い方！！！！

「また今度でよくねぇぇぇ？」

はあ⁉　二人で行けるのずっと楽しみにしてたのに、なんであんな言い方すんだよ！

あんのめんどくさそうな顔！

洗濯物干し忘れて洗濯機の中に放置してたの見つけたときの顔と一緒だった！

肉球スーハーお腹ぷよぷよトランポリンもできなかったし、せっかくの休日なのにどこも行けなかったし！！！！　はあああああ！！！！！

あいつ元々猫カフェなんか行きたくなかったんだ！　渋々の顔してたもんな。

だったら初めから言えよ！　もー！

私が楽しみにしてた気持ち、あいつなんにも分かってないな！　一言言ってやる！

ドタドタとわざと足音を立ててソファーに座っているタカに近づく。

「ねえ！　二人で猫カフェ行くのずっと楽しみにしてたのになんであんな言い方するの？」

「何が？」

「また今度でよくね？　だよ！」

声が大きくなるカナ。

「いや、普通に目当ての猫カフェやってなかったし、近くのとこもやってなかったから今度でいいじゃんって思って」

「あんな言い方しなくてもいいじゃん！　せっかくの休日なのにさ！」

「そんな変な言い方してなくない？　そもそもちゃんと営業してるか調べてないのが悪いんじゃん」

「そういうことじゃなくて！　猫カフェ行きたくなかったの？」

「いや、別にどっちでも」

「どっちでもって何⁉」

「カナが行きたいって言うから行くだけだよ。俺、猫アレルギーだし一人だったら行かないよ」

「何それ！！！　行きたくなかったんじゃん！！！！！！！！」

「いや、だからどっちでもいいんだって」

なんだよこいつはあああああああ！！！！！！！

カナは頭を掻きむしる。

どっちでもいいってなんだよ！！！！

エベレストの頂上に死に物狂いで登って、感動の渦に包まれて「やっと登頂できたね！」っ

て言ったときに「いやどっちでもよかったけど」って言われたら躊躇なく突き落とすけどな！！！！！

お前だけ早く下山できてよかったな！！！

デカめの雪だるまになれ！　ふもとで再会しよう！

もぉぉおおおおお！！！！！

二人で行けると思って毎日インスタの猫見ながらイメトレしてたのに！！！

今日のために猫にモテモテになるまたたびの入浴剤入れたお風呂に入って、ツナ缶も食べたのに！！！

病院でうざ眼鏡上司に怒られてるときも、こいつがボス猫なら私からかすかに香るまたたびでイチコロのくせにと妄想した。説教してる声も、ゴロゴロ喉を鳴らしてやがると思って乗り越えてたのに！！！

どれだけ楽しみにしてたか知らないで！

めげずに食い下がるカナ。

「二人で楽しくお休み過ごそうと思ってたのに……！」

「カナが帰るって言ったんじゃん」

ソファーに座ったまま冷静に返すタカ。

「あんな態度されたら気分下がって何も楽しめないじゃん！　私は感情の話してるの！」

「感情は分かったけど、カナが悪いよ」

「は⁉　タカくんが原因じゃん！」

カナは悔しい気持ちで泣きたくなる。

「俺、正論しか言ってなくない？　あと、どんなに喧嘩しても無視はしない約束だよね？　さっきカナ無視したよね？『帰るよ？』って俺聞いたのに」

冷静に詰めるタカ。

「それは……だめって言われるとしたくなるじゃん」

「ならない」

即答するタカ。

「え？　あるじゃん、例えば押しちゃだめって言われるとボタン押したくなるっていう」

「ならない」

「は？　だから、ダイエット始めると、今まで食べたくなかったのに食べちゃだめって思うと甘い物食べたくなる、みたいな！」

隣の部屋のミケ猿にまでカナの声だけ筒抜けである。

「ダイエットしたことないし」

冷静に言い返すタカ。

「いや、だから！　例えば、お葬式で絶対笑っちゃだめって思うと、ちょっと笑いそうになったりするじゃん」

「それ人間としておかしいよ、マジやばいよ！」

初めて声を荒げるタカ。

外はすっかり薄暗くなり、無駄に時間が過ぎていく休日。

街灯がつき始め、風が強くなってきたのか窓のサッシを擦る音がする。

カナはどうにも収まりがつかない。

こいつ話通じないんだけど！！！！！！

糸電話してるのかな⁉　目の前にいるのに電波悪い！！！！

同じ地球に生まれたとは思えないなこいつ！！！！

「もぉおおおおおおぅ頭きた！！！」

限界を迎え大声を上げて大爆発するカナ。この姿を富士山が見たら感化されて噴火の準

備を始めるかもしれない勢いだ。

「そんなに論理的に話すならもういい！　感情とかあんたには一生分からないんだ！　もう知らない！！！！」

そう言い捨て、カナは勢いよく部屋を飛び出した。

タカは呆然と立ち尽くしたまま……。


数か月後、ミケ猿は何事もなかったかのように日々の生活に追われていたが、お隣のカナ宅は静かすぎる部屋になった。先週ミケ猿は、彼氏だと思われる男を遠目に見たが、以前と様子が違ったので、タカくんだとかいう人とは別れたのだろうと思っていた。

「喧嘩がないから楽なのよねー」と言っていたが、怪我の功名で学んだのだろうか？　それにしても静かである。


「ねぇ今日何食べたい？」

「最近は炭水化物をとりすぎて偏っているので、ヘルシーな鍋料理などいかがでしょう」

「いいね！　ありがとう！　最近猫不足でイライラして食べすぎちゃうんだよね……」

「イライラという感情が人間にはあるのですね。リラックスできる音楽をいくつかピックアップしました。流しますか？」

「うん！　お願い！」

「なんか前のバージョンの彼氏がすごい論理的に言ってくるやつでさ〜」

「やっぱり最新にアップデートしてよかったわ！　ここまで突き抜けて論理的だとムカつかない！　また一からになっちゃうけど、よろしくね！　タカくん！」

「よろしくお願いします」

ジジッ。

機械のような音を立てて、男がお辞儀をした。

ロボットみたいな彼氏だね。

CASE 9

「なんでもいい」ばかり言う男の心理

ミケ猿は言っちゃった男を見ちゃったぞ

「なんでもいい」とミケ猿はあまり言ったことがない。
なんでもよくないことが世界に多すぎるからだ!!!
ご飯屋さんに入って適当にメニューを決めてみろ!!!
選ばなかった「本日の日替わりパスタ」がめちゃくちゃ美味しそうだったらどうする!
「もう二度と気まぐれにならないシェフの気まぐれパスタ」があったらどうする!
なんでもよくないだろ!
しかし友達はなんでもいいと言ってくれる人が多い。なんてすごい人たちなんだ。
どんな食べ物になろうが、どこに行こうが、本当になんでもいいのだ!!!
すごい! 尊敬する!!!

最近ミケ猿が「なんでもいい」と言ったのは駅のホームで何号車に乗るか聞かれたときくらいだ。

リクは出かける準備を終え、ソファーに座り込んでふと考えていた。彼女がインスタか何かで見て、「みんなこれ買ってる」と言って聞かず購入した三十万もするソファだ。エレベーターもなく、2DKのフローリングはクッション式で安っぽい木目模様が描いてあるだけのこのマンションにはいつまでも馴染まない。マンションの初期費用の次に高い買い物だった。肘かけもない、ボコボコと波打つそのデザイナーズソファーを正直リクは好きになれなかった。無機質で数字が書いていない壁かけ時計も、グネグネと曲がっている花瓶も、全てが彼女の趣味だった。

同棲して二年経ち、彼女の習性はだいたい分かってきた。
まず、トイレットペーパーをめちゃくちゃ使う。一人暮らしのときの四倍のスピードでなくなっていく。床でも拭いているのかと思うくらい一瞬で消える。
なぜだ。恐ろしい。

トイレに行くたびにトイレットペーパーを巻きつけて一人ミイラごっこしてるとしか思えない。それか、彼女はヤギか、どっちかだ。女の子はトイレで何をしているんだ……。

そして、もう一つの習性。彼女はお腹が空くと機嫌が悪くなる。

彼女が車だったら大変だ。ガソリンが少なくなってハンドル操作が利かなくなったら恐怖しかない。死と隣り合わせやんけ。ガソリンスタンドがオアシスに見えてくるもんな。駆け込んじゃうよっ！　ガソリンぐびりんちょっ！

彼女はお腹が減るとガソリンメーターの赤いランプの点滅とともに口数が激減。だんだん三文字以内でしか話さなくなる。三文字しりとりしてる気分になるんだが。怖すぎる。

ラグに寝そべりながら雑誌をめくっていた彼女が唐突に話しかけてきた。

「ねーねー今日お昼何食べるー？」

出たぞぉおおおおお！！！

これは質問ではない。俺に答えを求めてはいない。

何食べる？　の前に隠された「私が」が入る。

これは隠しコマンドだから初見殺しのステージだ。

仕方がない。俺も最初は何度も引っかかったさ。昔の話だ。

ああ、これか？　この背中の傷はそのときにできた傷だ。

そして俺の希望が通ることはない！

彼女の食べたい物と俺が食べたい物がたまたま奇跡的に合致したときにだけ、要望が通る。流れ星が見られる確率と同じくらいだ。

ここでの返しの正解はこうだ！

「なんでもいいよ～ん！　何食べたい？」

必殺！　質問返しぃぃぃぃぃいいいいい！

彼女が何を食べたいのか聞かせていただくのだ。そのお口から、ご要望をおっしゃっていただく。

しかし、「なんでもいい」は取扱注意な言葉だ。相談を放棄してると捉えられかねない。

そこで、語尾に「よ～ん」をつけることによってマイルドにする。

そして、「なんでもいい」を単体で使うとトゲがあるからトゲを抜いて、とげぬき地蔵にするために「何食べたい？」をつけ足して完成だ！

変に「洋食かな？」とか選択肢を提示してはいけない。仮に和食を食べることになったときに、「でもリクはさっき洋食食べたいって言ってたから、本当は食べたくないんでしょ！」とかめんどくさいことになるからな。これでいいのだ。完璧だ。

「なんでもいいばっかり言うじゃーん。じゃあ、洋食と中華だったらどっちがいいー？」

これは二択と見せかけて、二択ではない。ひっかけ問題だ。彼女の中で答えは決まっている。それを一緒に導かせていただく作業だ。

ペットボトルを捨てるゴミ箱の入り口が二つに分かれていることがあるが、中で結局一緒になっているのと同じだ。二つ道があると見せかけて答えは一つ。

騙されるな。こちらに決定権はない！　いつも彼女が選択ボタンを握っている！

コントローラーを持たせてもらっていると思っても、彼女の物にしか電源は繋がっていない！！！！　一緒に操作している感覚だけ味わうのだ！！！

「じゃあ〜中華はどう？」

「中華もいいよねー。でもさーなんか中華ってちょっと重いとかない？　今」

ほらみろ。答えは決まっているのだ。中華なんて食べたいわけがなかったのだ！　なんだよ「重いとかない？」って！！！！　じゃあいつ食べるんだよ！！！！！　お昼から中華食べる人もいるから開いてるんだよ！　この時間から！！！　中華料理屋は！！！！！

少しでも麻婆豆腐の気分になってしまった自分を殴りたい。レンゲで殴ってほしい。

そういや、中華料理屋さんはなんであのデカいフライパンを使うんだ。あのフライパンは他の料理にも使えるのかな……。もしあれで目玉焼きを作ったら、めちゃくちゃ反り返ったオブジェみたいな目玉焼きができるのかな……すごい……。

そして俺は二択を外した。まだまだだな。不甲斐ない……。修行が足りないみたいだ。

店が同じことしたら大変なことになる

スピーカーの裏から覗いていたミケ猿は女子の扱いの難しさに震えている。お店が同じことしたら大変なことになるぞ。

「本日はこちらのタイ式マッサージかオイルヘッドマッサージがお選びいただけます」

「あーじゃあ、ヘッドマッサージで」

「申し訳ございません、タイ式マッサージでもよろしいですか？」

いや、選べないのかい！！！！！

オイルで鼻の穴塞がれてマッサージ台二つ折りにして背骨折られるぞ！！！！！

暴動が起きる！！！

マッサージといえば、たまに寝台の顔置く穴にキッチンペーパー敷いてくれてるところあるよね。あそこに寝るとキッチンペーパーのぶつぶつの跡が顔について、顔がみかんの皮みたいになるんだけど！　恥ずかしぃ！

集合体恐怖症注意顔面できあがりっ！　ちゃらりん！

「はい〜仰向けになってくださーぃ」って言われたときに、上向くとみかん顔になってるのどうしたらいいんだろう。マッサージ屋さんはみかん農園ともいえる。

みんなどうしてるんだろう……空気椅子みたいに空気顔面してるのかな。

それともみんな私と同じ双子みかんになってるのかな。謎は深まるばかりだ。

「パスタ食べたいかもー。あ、でもオムライスもいいかもー。えーどっちも食べたい？」

「オムライスいいじゃん」

「いいよねー」

これはパスタだ。　パスタという意味だ。

上級者向けだから分からなくても仕方ない。

これを真に受けてオムライス屋に車を飛ばすと、店の近くで「やっぱりパスタ食べたくない？」と言われる羽目になるから注意しろ。

いいよねー、に感情こもってなくてびっくりしちゃった。Ｓｉｒｉかと思っちゃった。

「へいＳｉｒｉ！　今日食べたい物教えて！」

「お答えします。パスタです」

一ラリーで終わるじゃねーかよー！！！！！！

さっさと食べに行こうぜえええええ！！！！

どんどん混む時間になってきてんだよぉおおおおお！！！！　チキショー！！！！！

そんでパーキング止められなくて機嫌悪くなるのはどこのどいつでしょうかねー!?

痺れを切らしたリクの貧乏ゆすりが止まらない。すると、寝室から彼女の声がした。

「やっぱパスタにしようよ！」

「いいよ！」

やはりな。

「じゃあ行こうか。俺もうこのまま出れるよ」

「えーん、ちょっと待ってー今着替えるからー」


彼女が服を二着抱えて戻ってきた。

「ねーねー、こっちとこっちどっちがいいと思う？」

出た。これは難題だ。先ほどまでと似ているが違う。ここではさっきまでの「なんでもいい」は使えない。なぜか服には使ってはいけないのだ！

女心のキッチンハイター！　混ぜるな危険！　絶対に間違えるな！

この後のデートが地獄になるぞ！　私のことなんてどうでもいいんだ、どうせかわいくないんでしょと怒りを買い、挙げ句の果てに無言でパスタを咀嚼（そしゃく）してフォークで端っこのニンニクを突つくだけの食事会になる。気をつけろ！

ここは素直に俺の好きなほうを言ってみよう！

「俺は青のほうが好きだなー！　こっちのほうがいいんじゃない？」

「うーん、やっぱこっちにする！」

彼女は白い服に着替えて出てきた。

「おまたせー！　行こー！」


ウッド調の優しい雰囲気のその店はファミリーにも人気があり、今日も賑わっていた。

「オムライス美味しいね！　やっぱこっちにしてよかったねー！　季節限定のきのこのやつにして正解だった！　マジで美味しい！　リクの明太子入ってるのも美味しかったね！

ここアイスティーも量多いからいいよね！」


「ねね次どこ行くー？」

「なんでもいいよ！」

取扱注意の言葉らしいから
みんなも気をつけよう。

第3章

聞いちゃった！

Kiichatta!

耳をすませば聞こえてくるよ唸り声

CASE 10

付き合いたては猫被りまくる女の心理

ミケ猿は猫を被りまくる女の衝撃の事実を聞いちゃったぞ

今は亡き愛犬のピークーが猫被りの天才だった。

ペットショップで初めて彼と出会ったとき、それはそれはもうしっぽぶんぶんで、顔はよだれかけが必要なくらい舐め回された。

誰にでも人懐っこい元気な犬なんだろうと思った。

運命の恋に落ちたミケ猿はピークーを家に連れて帰った。

死んだふりをすればすぐに駆けつけ、口を舐め回して生存確認してくれる。少しでも視界からいなくなるとすぐに追いかけ、トイレの中までもついてきた。

外から帰ってくると、留守にしたのがたった十分でも、くぅうんと鳴いて喜んでくれる。本当にかわいかった。

あれから数年……。

死んだふりをしても、死んだ目で見られるだけ。

視界からいなくなってもほっとされ、外から帰ってきても申し訳程度にしっぽを二振りさせるだけ。散歩は二歩までしか歩かない。

あの元気満タン愛想ぶんぶん犬はどこいったんだ！！！

犬を飼ったらフリスビー遊びをするんだろうなと想像してたのに、投げた物はもちろん取ってこないし、「お手」も渋々だ！！！！

最強の猫被り野郎だった！　かわいすぎる！

ミケ猿も犬だったらそのペットショップで一番の猫被りになって、さっさともらわれよう作戦をするだろうから、やはり飼い犬は飼い主に似るんだな！

今日のミケ猿は、マユが鍵につけている猿のぬいぐるみに乗り移って、大学生のデートを観察しに行くことにした。

女子高上がりのマユは、半年経ってようやく共学の大学に慣れてきた様子。つい最近、テニスサークルの先輩と付き合い始めた。

準備をしている部屋から「ぐふふふふ」と不敵な笑い声が漏れ聞こえてくる……。

今日は憧れの先輩とおデート。
先輩とは付き合ってまだ二か月だけど運命を感じる。
このまま卒業まで付き合って、ゴールインしちゃうかもな。

さーて、普段履かない、いにしえのスカートでも履くかぁ。
お腹冷えるしヒラヒラして静電気起こるからめんどくさくて、普段は絶対に履かないが、
まぁくんに会うから仕方ない。
一人だったら引きちぎってサルエルにしてるわぁあ！

私は猫被りのプロ。大猫被りじゃじゃ馬女よ！

キティちゃんくらい猫被る！
先輩の前では、か弱く白いふわふわミニアザラシってことになってるからな。
本当は牙むき出し生命力鬼強セイウチであることは隠さねば……。
まだ付き合って二か月だから、徐々に牙を出していかないと。その調節が難しい。

地声も本当はあと一オクターブ低いんだけどな。

少しずつ少しずつ化けの皮を剥がしていく。気づかないレベルでな。

少しずつ変化するから**タイムラプス女**とも呼ばれる。

相当普段から脳トレしてるやつじゃないとその巧妙な技には気づかないだろうな。

ハハハハ！


よいっしょっと。

普段出さない触角を下ろして、細かいアクセサリーつけてっと……。

数億年ぶりにピアスもつけ替えよう。

彼氏いなかったらピアスなんぞ、荒れ狂うシャンプーと雑な洗いに耐えられる物を基本つけっぱで放置だ。

ピアスの穴も察するだろう、急に新人が入ってきたら「あれ⁉　彼氏できた感じ⁉」ってね。

引き出しの奥底の底のそのまた底の、名前も忘れた元彼からもらった甘すぎる香水振りかけてっと。残しとくもんだな～。元彼からもらったのは消し去りたい黒歴史とクズ男セ

ンサーだけかと思ったが、こんな物も使えるときが来る。

これで私は最強にスウィーティーでフルーティーな女になったわ。

おっと！　こんなことしてたら遅刻しちゃう！

友達との待ち合わせだと十分遅刻がデフォだけど、今は猫被り時期だから遅刻は許されないわっ。

いざっ戦場へ！　出陣丸！


マユは普段、裸の大将のような大股ズワイガニ股歩きで闊歩するが今日は違う。子鹿のような小股歩きで手をヒラヒラさせながら小走りで向かう。

まさに完璧な猫を被った堕天使の舞。

恐ろしい……揺れるカバンの中で震えるミケ猿。

待ち合わせ場所に到着し、再び身なりを整えるマユ。


「おまたせー」

「まぁくん！　今日の格好かっこいいね！　なんかいつもより男って感じ！」

「なんだよそれ。マユちゃんも今日めっちゃかわいいね」

「ええんありがとう。あっ、くしゃみ出そう！」

「クシュンッ」

「まぁくん、ごめんね！」

「なんだよそのくしゃみ！　かわいいなーもー」

先輩は愛おしそうにマユの頭を撫でる。


あっぶねえええええ！！！！

いつものくしゃみしてたら危うく先輩の鼓膜突き破って、鼻水スプリンクラーみたいに撒き散らし、そこら辺のおじも泣き叫ぶ爆破裂音出すところだったわ！

とっさの判断力、ナイス私。

今の判断の瞬発力なら卓球日本代表のOGも夢じゃないな。

たまに練習に顔出して「あー今の判断遅いね。それだと猫被りバレるよ。もっと集中できるよ」って偉そうにアドバイスできるな。クククッ！

くしゃみは本当に危険だ

ミケ猿はカバンの中で二人の会話を聞きながら、「くしゃみは本当に危険だぞ……」と過去を思い返している。

昔、食事中にくしゃみを我慢しようとして口を押さえたら我慢できず、柿の種の破片が鼻のほうへ行ってしまったことがある。

ミケ猿は柿の種のせんべいのほうが大好きでそればっかり食べてしまうが、あんなに美味しい物も粘膜にいくと暴君になる。一気に「とうがらし食べたかな？」というくらい威力が増して、鼻の奥が痛すぎて泣いた。

あんなに柿の種が怖くなったことはない。

ちなみに、ミケ猿は柿の種のせんべいが好きって言ったが、母は中に入ってるピーナッツが好きだからそればかり食べる。だから一緒に家で柿の種を食べると相性がいいのだ。

でも待ってくれ！　おかしい。いつも思うんだけど、ピーナッツだけ食べるなら柿の種を買う必要ないだろうが！

「映画見るまで時間あるからカフェでも入ろっか？」

「いいね！　行こう〜！」

新宿東口改札近くのＮｅｗＤａｙｓの前で待ち合わせた二人は、階段を登っていった。

マユはちゃっかり先輩の袖を掴んでいる。


カフェかぁ〜。

こちとら生理前のカバもおののく食欲爆発期だから、カフェで出てくる「子ウサギが食べるんか？」サイズのキッシュとかじゃ満足できないんだが。

あ〜ここら辺、確か二郎あったよなぁ〜。

「え！　今日めっちゃ空いてんじゃん！」

思わず声を上げてしまう。

「うわっ！　どした？　マユちゃん」

「え？　あ……あっごめん！　あそこの雑貨屋さんいつもすごい人気だから、今日空いててテンション上がっちゃった」

とっさに二郎の隣のお店を指差してかわいこぶる。

「テンション上がっちゃってかわいい。カフェの後に行こうね」

また先輩はマユの頭を撫でる。


なんだよ二郎今日ガラ空きじゃねーかよぉぉぉおお！　珍しいいいい！

あんな空いてるとこ初めて見たからつい口から出ちまったじゃねーかああ！

危ねえ危ねえ！　私は締まりの悪い餃子か⁉　ズボラの具が出てこないように真っ白な皮でしっかり包め！　ちゃんと制御しろ！！！

これから映画行くのに二郎なんて食べたら、横向くたびにニンニクの匂いぶちかまして「4DXの映画見にきたのかな？」って思われちゃう！

クソぉおおおお！　食べてぇええええ！

カフェで大声で注文させてくれないかな⁉

「ニューヨークチーズケーキのニンニクヤサイマシマシアブラカラメでぇええええ！」

映画館近くのカフェに到着し、外が見える窓際の席に向かう。

「ん！　この紅芋のケーキ美味しいっ！」

「よかったね。ここの席外見えるし、いいね〜！」

「ね！　横並びだから近くで話せるね」

「かわいいこと言うじゃーん。へぇ〜マユちゃん結構ガムシロ入れるんだ！　甘党なんだね」

「そうなのっ！　ちょっとでも苦いと飲めないんだぁ〜」


すまん、嘘ぉおおおお！

この空腹をばか甘いガムシロで抑えようとしてるだけだぁぁぁあああ！

いつも二日酔いの朝はブラックコーヒーしばいて塩辛となめろうを舐めまくって、洗ってない味噌汁がカピカピになったお椀にお湯注いで残り汁飲んでること、口が裂けても言えねぇぜえええ！

あの、かすかに香る、余力があった日に作った味噌汁の残り香がいいのよなぁ〜。

この前まぁくんとピクニックしたときは、張り切りすぎてチーズ入りハンバーグ作って、

ガッツリ晩餐みたいになっちまったなぁ。

カラスに狙われるし、驚いたときに地声隠すの大変だったな。

地獄のデスボイスでまぁくんとカラスもろとも地に落とすところだった。

一人のときは料理なんかしないもんな。

料理といえるのか、ただ何かを鍋に突っ込んで煮込んだだけのものと、パックのご飯をチンしてそのまま食べるだけ。

もちろん皿は最小限だ！！！　少しでも面積があるやつはなんでも皿として召集する。

箸はもちろんスーパーでもらった割り箸を使わせていただく！！！

洗い物を増やすことだけは絶対に許さない！　最低限口に運べればいいのだ！


「ごめんちょっとお手洗い行ってくるね！」

「あ、うん！」


トイレに移動し、「ぷはぁあああー」と大きく息を吐く。

これだけの肺活量があれば水泳選手になってバタフライで人をなぎ倒せそうである。

うわっ久々にスカート履いたらきつくなってるし！！！

苦しいわぁあああああ。

ヒーフー。

家でいつも履いてる、ゴムが瀕死で、丸まったハムスターくらいのデカい毛玉できてる、あのお気にのジャージに履き替えたいわぁ。

家での私見たら先輩泡吹いて横歩きするんじゃないの。カニ鍋にして食ってやんよ！！！

徐々に素出していかないと。ショック痙攣されたらたまったもんじゃねーからな。


まぁくんも風呂は毎日入るのが常識だと思ってたらどうしよう。震える……！！！

女は風呂なんて二日に一回しか入らねぇぇんだよおおお！！！！

元彼にはせめて人間でいてくれって言われたけど、てめーらの髪乾かす時間何分だ？

言ってみろ！！！！！　三分か⁉　あああん⁉

こちとらこのわけ分からんくらい長い髪にトリートメントつけて、洗顔フォーム泡立ててパックして毛剃ってよぉおおお！！！！　何億時間かかると思ってんだよ！！！！！

テメェらとは風呂のハードルがちげぇんだよおおお！！！

レトルトのカレーとスパイスから仕込むカレーくらいハードルの高さ違うの覚えとけよ！

人間でいるのも大変だわマジで！


元彼とは洗濯物の畳み方でも揉めたな……。

「そんな変な畳み方しないで」ってよぉ!?　畳んでもらってるだけでもありがたいと思え！

家で一人のときはそもそも畳むことすらしない！！！

たこ足に干しっぱなしの洗濯物をブチ取るときの音色をお前は聴いたことあんのか！

あれが快感なんだよ！　一人暮らし音のソノリティ！

そのままたこ足に干してある洗濯物を取って着るんだよ！

いちご狩り好きって言ってるけど、本当は家で毎日服狩りしてますよハイハイ。

取り放題なんでねぇ！　**服のもぎ取り放題ツアー！**


マユがトイレに立てこもりすぎて映画館に着くのがギリギリになってしまった二人。

「カフェで話しすぎて意外とギリギリになっちゃったね」

「ね！　まぁくんと話すの楽しい。ポップコーン買ってくれてありがとうっ」

「いいよ！　俺も塩味が一番好きだから気が合うね」

あああああやばい食べたい食べたい食べたい。

映画始まる前に食べ終わるもんだよな⁉　ポップコーンって！　余興でしょ⁉　映画中に食べるもんじゃなくて、予告中に食べるもんだろうがあああああ！！！　本編中はもう食べ終わったポップコーンの底にあるポップコーンになり損なったやつらを回収する作業だろうが！！！　後半は箱の底の隅の塩を舐めながら楽しむもんだろ映画館はー！

でもまぁくんのこの食べるペース的に絶対に本編に持ち越そうとしている……。離乳食を初めて食べる日の赤子より食べるの遅い……。

くっ我慢だ……！　ペースを合わせなくては……。

がめつい女だと思われるだろうが！！！

昨日ネイル行った指で太ももをガチめにつねり気を紛らわせろ！！！


「映画楽しかったね～。最後のどういう意味だと思う⁉」

「それ俺も聞こうと思ってたんだよね！　俺の家で話さない？」

「いいよん！　楽しみっ」

なぬ⁉

初めて彼の家にお邪魔するぞ！！！

お泊まりは初めてじゃないが、彼の家に行くのは初めてだ……。

楽しみっ！！！

どんな部屋なんだろう！

靴下にも香水吹きかけてきてよかったぜ。

下から香るヴァニラの匂いに耐えられるかな？

クハハハハ！

いよーしっ！　ゆるふわ巻き髪っ！　お前の人生まで巻き取る侍(ざむらい)！！！


「お邪魔しまーす」

「どうぞ入って！　いいよ、靴揃えなくて！　もーかわいいなー」

「ええーいつもやってるからついっ」

普段は玄関に恨みがあるのかって勢いで靴投げ捨ててるけどな！　と思いながら廊下を進む。

「ええー！　なんかおしゃれー！」

「えー？　そうかな、嬉しいなー。マユちゃんが来ると緊張するわ」

「何それ～。あ、この間接照明かわいい～！」


まずい！！！　この部屋……リビングとトイレが接しているタイプ！！！！

一番恐れていた間取りだ！！！

トイレ中の音がリビングの隅々にまで全部丸聞こえじゃねーかよおおお！！！

ぐあああああ！　さっき駅でトイレに行っておくべきだった！　私としたことが！　アホおおお！

今日はもうトイレに行かない。

私はトイレをしないプラスチックの塊だ。

そうだ、そう思おう。蒸発させるんだ。そうだ……。


「ねー何飲むー？」

「え!?　あっありがと！　うーんとーじゃあ……紅茶がいいなっ」

「おっけー！」
紅茶飲んだら少し落ち着くかもしれん。
お茶出してくれるなんて優しいな、まぁくん～。
にしても綺麗に片づいてるなぁ。
これは綺麗好きか？　それとも私が来るから一生懸命片づけてくれたのかな。
かわいいやつめ。
ちょっと漫画の数が多いのは気になるが、部屋のセンスは合格だ！
ソファーにでも座って待ってようかなぁ～っと。

ま……待て……。やばい……。
これは……おならが出る……。お尻から吐息が出る予感だ……。
しかもかなりデカい……。
まずいぞ。こんな大物をこんなところで出すわけにはいかない。
猫被るどころの話じゃないぞ。
今後人間として見てもらえなくなる可能性が出てくる。

今までかいたことない汗が出てきた。
カバの汗はピンクっていうけど、今の私の汗は多分、どすぐろ赤サビ紫だ。
我慢だ……。気づかないふりをしろ……。
あっ。だめだ。
これはもう無視できないレベルのものだ。
お、落ち着け。
まずは、ま、まずは移行できるか試してみよう。
すかしっぺに移行できるならまだなんとかなる。
どうだ……。
「ぷっ」
だめだ！！！！！
危ねえ！！！！！
こいつは絶対に音を出すという強い意志を持っているおならだ！！！！
だめだ！！！　クソおおおお！！！！
どうしよう！！！！

トイレに行っても確実にキッチンまで聞こえるし、かといって初めて部屋に来たのに勝手にベランダに出たら不審者だ。

クソぉおおおおお！

うっ。やばい。

どうしたらいいんだああ！！！！！

移動しよう……。とに……か……く……。


マユの格闘などつゆ知らず、先輩が話しかけてくる。

「ねねー今お湯沸かしてる間にＳＮＳ見てたんだけどさ、隕石が地球に落ちるらしいよ！」

うっあっやばっ。

肛門に全神経を集中させているマユには返事をする余裕がない。

身体がだんだんとくの字に曲がって考える人像に近い形になっていく。

「やばくない⁉　隕石とか落ちたらどうなるんだろうね」

あっあっやば……いっあっ……。

「どこら辺に落ちるのかなー。東京とかにきたらやだなぁ」

あっ……いっ……。

「そらしたりできないのかなー？」

もうだめ……だ……。

あああぁぁあああああ！！！

「ぶぅおおおおおおおおおおん！！！！！！」

「うあぁぁあああああああああ！！！！！」

「ごめ、ごめ！　ま、まぁくん⁉　まぁくんびっくりさせたよね！　お腹の調子があれで、あの！　普段はこんな」

「隕石だぁあああああーーーー！！！！！！」

え？

「隕石だよぉおおおおおお！！！！　爆風来たよ！！！　は！　早く！　早く逃げな

きゃ！！！！　死にたくない！！！」

「いやあの違くて」

「うわあ　ああああああー！！！！」

「いや、ちがあの、まぁくーーーーーーーーーーーーん！！！！」

ものすごい勢いで走って玄関から出ていくまぁくん。残り香とともに追いかけるマユ。


大猫被りもおならは我慢できないらしいよん。

CASE 11

旦那の性格より顔を取った女友達に対する女の心理

ミケ猿は聞いちゃったぞ

「外では子猫なのに家では大統領になる」

全ての女がそうだという恐ろしい研究結果が出ているらしい。

外と家では声の高さが2オクターブくらい違うらしいが、喉痛くならないのかな。

そんなに音域出るならカラオケで高得点も夢じゃない。

ミケ猿の母も、来客があるときに調子に乗りすぎると、ミケ猿にしか聞こえないくらいの声で「怒るよ?」と言ってくる。その声の低さを例えるなら鬼怖コントラバスだ。

笑顔と声のギャップで酔いそうだった!

その時点でやめればよかったのに、一度調子に乗ると止まらないミケ猿は、怒りのシンフォニーとげんこつオーケストラに挟まれて、いつも来客が帰った後、口を利いてもらえなくなる！

外でかわいい女ほど、そのギャップが激しい。

油断して触ってみろ！

ヘビかな？　くらいの勢いでかぶりついてくるぞ！！！！

そして自分が宙に浮いても離さない！！！！　相手が悶え苦しむまで絶対に離さない。

かわいい女には気をつけろ！！！！！

今日はマサミの結婚祝い。ミカは、いつメンの「独身アラサーそろそろ腰もへっぴり姉妹」という名の友人たちで集まっている。

いつもより少しドレスアップしたユウコが一番にマサミを祝う。

「マサミ、マジおめでとー！」

ミカが続く。

「ユウコが一番早いと思ったけど、マサミだったね。悔しすぎる！」

ユウコが、「おい！」と言いながらミカの肩をバシバシと叩く。

すごい力だ。台パンの素質がある。ゲーム実況者になれる勢いだ。

「ねー、マジ私だと思ったんだけど！　私ストライクゾーンばか広いのにさぁー」

「ユウコは優しかったら誰でもいいもんね！」

「誰でもよくはない！　犬が好きな人がいい」

ニコニコと二人のやり取りを聞いていたマサミが口を開く。

「私もある意味ストライクゾーン広いよ！　ビジュよければいいもん」

ミカが笑いながら返す。

「マサミ、マジ面食いだよね。でも、ショウタさん顔以外にもいいとこあったから結婚したんでしょ？」

「**顔以外はいいとこないよ**」

場の空気が一瞬凍る。氷点下五十度。

ミカたちの笑顔も凍って、剃り残した口の産毛にデカめのつららができてぶら下がる勢いだ。

白熊も寒すぎてホットコーヒーすするレベル。

ようやく氷を割ってミカは口を開く。

「え？」

「いやマジで顔以外はクズだよあいつ。でも顔が圧倒的にいいから許せるんだよねーん。そこも含めて納得してるからいいかなーって感じ！」

近くの席で聞いていたミケ猿は驚いて食べていたパスタを落としそうになった。クズなんて言葉が聞こえてきそうにもないレストランでハッキリとミケ猿の耳に入った。なにやら面白そうな話が聞けそうだ、と、ちびちびポルチーニを食べながらパスタが冷めるのも構わず耳を傾ける。

えええぇえぇぇぇぇえ！！！！！　マサミ、すごすぎる！！！！！
ミカは豆鉄砲を食った鳩のような顔になっている。
この人家電も見た目だけで買うタイプだ絶対！！！
性能とかどうでもいいんだ！！！
脱水機能のない洗濯機とかあっても見た目チャコールグレーだったら買いそう！
タッチパネルとかついてたらなおよし！
いいなぁそこまでスパッとなんでも決められて！

私は家電でも全部調べて口コミを隅から隅まで見て、最終的に家電量販店の人より詳しくなっちゃうもんね。

買った後も「あっちのほうがよかったかな……」とかウジウジしないところもマサミぃいよなぁ！

私はレストラン行っても、注文した後にもっとよさげな料理あったら変更しちゃうもんね。この前、レストランでデミグラスハンバーグにしたのにやっぱりトマト味にしたくて、店員さんに言ったら「トマトも美味しそうですよね。ふふふ」って言ってくれた。優しい！

こんな優柔不断トロッコ問題苦手迷惑女にまで優しくしてくれてありがたやっ！

こういう優柔不断なやつのために、注文した後はメニューが燃えてなくなる仕様にしてほしい。他のやつは永久に見れなくしてくれ。そして他の人の料理が見えないように、レストランは全席個室にしてくれ！！！　頼む！！！

ファミレスの配膳ロボットの猫を初めて見たとき

世の中はついに猫ちゃんに配膳をさせるようになったのか！！！　とびっくりした。

ワクワクウキウキしてタッチパネルで注文してニヤニヤしながら待った。

遠くから料理を乗せた配膳ロボットの猫ちゃんが近づいてくるBGMが聞こえてきた。

ちゃらら〜ちゃらら〜。

来た！！！

ミケ猿は配膳してくれる猫ちゃんの動画を撮るために携帯を構えた。

ついに猫ちゃんが目の前に来て「おまたせニャン」と言った瞬間、店員さんが「おまたせしました〜」と言ってその猫ちゃんの上に乗っている料理を私たちのテーブルの上に乗せた。そして「ごゆっくりどうぞ〜」と言って猫ちゃんを回収して戻っていった。

え？　ん？　違和感が。待ってくれ。店員さん。

通常なら猫ちゃん単体が運んできて、料理をお客が自分で受け取る。

しかし、その店員さんは猫ちゃんの横について一緒に私たちのテーブルにやってきた。

配膳ロボットの意味ねーじゃねぇーかー！！！！！

むしろロボットに合わせてゆっくり店員さん歩いてきてて、新人研修よりも時間かかってる！！！！　びっくり！！！！！

猫ちゃんは、身体に伝票を置いたままにしていたら全然帰っていかなかった。食べた証

を取らないと一生、居座られる。怖いっ！

ちな、ミケ猿はクルッと丸まった伝票を伝票専門の透明ケースからスポッと出すのが好きだ。あのケースは伝票を入れるためだけに作られたのかな。売ってるの見たことないんだけど。ちょうどいい大きさと伝票の丸まり具合からとてつもなく計算されていることが分かる。

衝撃発言をぶっ放したマサミを中心に「独身アラサーそろそろ腰もへっぴり姉妹」の会話は盛り上がる。

「すご！　確かにショウタさんマジでイケメンだよね。めちゃくちゃかっこいい。でもクズなんだ」

「マジでクズだよ。でもさ、喧嘩したときに性格で選んだ男だったら許せなくない？　性格で選んだのにってムカついてくるじゃん？　しょうちゃんは顔いいから、喧嘩して怒ってる顔もタイプだわーとか思うと許せるんだよね〜。子ども絶対かわいいし」

ミケ猿は近くの女の衝撃発言でコース料理のポタージュを掬(すく)う手が震えて全然飲めない。

テーブルにもポタージュ飲ませてあげているのかというくらいに溢れ落ちる。

白いテーブルクロスについた黄色いシミを食べ終わったお皿で隠しながら、大きい耳がさらに大きくなる。


ミカは脳内の声が止まらない。

何だその新しいライフハックは！！！

顔がいいと喧嘩しても許せるだと⁉

そんなことあるのか⁉

靴下脱ぎっぱなしにされても、靴下にそいつの顔貼っとけば許せるのかな⁉

最強じゃねーか！！！！

便座下ろし忘れても携帯にマッチングアプリ入っってても家中に顔貼っとけばいいのか⁉

すごい！ 令和のナルシスト水戸黄門だ！

俺の顔が目に入らぬか！

顔がいいとマリオのスター取ったみたいに無双できるのか……。

でも効果が消えるときが来るぞ！！！ 老いだ！！！ いいのかそれは⁉

ゴールする頃にはピーチとマリオはもう恋人じゃなくて戦友になっているのか⁉

恐ろしい……。


そうさ……女たちには永遠の課題が存在する。性格を取るか顔を取るか。

性格のよさを取ると、嫌なところを見たときに「そこしか取り柄がないくせにありえない」と感じて、無理になるという恐怖の話を聞いた！

きぃぃぃぃいいい！！！

なんということだ！

確かに性能いいからっていう理由でバカデカい冷蔵庫買ったのに、一週間で壊れて霜だらけのナルニア国になったらキレるもんね！

場所は取るけど中身がいいから買ったのに、開けたら一気に雪国に行けるどこでもドアになったら、たまったもんじゃねーだろ！！！

ケーキ買ったのに、サンタさんの顔がミスでのっぺらぼうだったら恐ろしいよね！

そういうことなのか……。どっちも欲張りセットの男はいないのか、この世に！！！

マッチングアプリ界の二刀流大谷翔平が現れる日も近いかもしれない。

その日を夢見て毎日スクロールするのだ！！！

ゆけっ！

そんなことを考えているミカを置いて、ユウコとマサミが歓談を続けている。

「いやーすごいわ！　そこまで割り切れるマサミマジすごい。私も早くイケメンと結婚してえ～」

ワインをグビグビと飲みながら天井を見上げるユウコ。

「優しければいいんじゃなかったのかよ！」

ミカがツッコむ。

「私早く子ども欲しいんだよねー、絶対かわいいもん」

「え、絶対かわいい。だってマサミもかわいいし美男美女じゃん？　絶対かわいいよ！　楽しみ～！」

テンション爆上げのユウコはレバーパテのついたバゲットを頬張る。

ミカはまだまだ話に追いつけない。

グラニテを食べながら頭を冷やそうと試みる。

なんということだ！　遺伝子レベルでの計算！

現代の数学の進歩でも追いつかないレベルだ。

マサミは子どもの顔まで頭に入れて婚活していたなんて！

まだ彼女いないのに、車を買うときに助手席に座る彼女を想像して買う男と一緒なのか⁉　メルセデス想像力がすごい！

野生の世界でも強いオスが子孫を残していく。

ショウタさんがゴリラでいうクズシルバーバック⁉

喧嘩は強いか知らないが顔が強いことは確かだ！

すごいっ！　マサミもある意味野生の女だったのか。

クソぉ……。


「ショウタさんクズって言うけどどの辺がクズなの？　そんな風に見えないけど⁉」

「え、マジで女関係超ゆるいよ。まぁうちも干渉しないいし最後は帰ってくるからいいかなみたいな」

ミカはもはやマサミを崇拝する域にまで達したようだ。

憧れなのかなんなのかよく分からない気持ちで、メインのお肉を切る手に力が入る。

なんだこの器のデカさはぁぁあぁぁぁー！！！！

アメリカンサイズじゃねーか！　デカフライドポテトチーズがけ！

器デカ余裕女が育てた特大じゃがいもを使用してます！

この人が育てています！　農家のマサミさん。

私にもその精神の育て方教えてほしいわ！

ええ⁉　何その「最後は帰ってくるから」って！

余裕女の山手線⁉　そんな大きな懐の終点ありません！

他の駅行った車両で入ってこないで！　汚らわしい！　ってなるもんじゃないの⁉

マサミには一生勝てなさそうだ……。

やはりイケメンで性格もいい男なんて探しても無駄なのか⁉

イケメンだけど極太メガネしててまだ誰にもバレてない隠しイケメンはどこだ！

探せ！

マサミへの見方が変わったミカのことは気に留めず、二人はデザートを食べながら、甘い新婚生活の話に夢中だ。

「てか見て～、引っ越したからさ、わんちゃん飼ったんだよ～」

「えー！　見たい！」

「見せて見せてー！」

「何このわんちゃん⁉　めちゃくちゃかっこいいじゃん！　なんて犬種？」

「イタリアングレーハウンド」

ミカは話を聞きながらコーヒーを吹き出しそうになってしまった。

犬までもイケメンじゃねーかよー！！！！

どこまでイケメン主義なんだこいつはぁー！！！　清々しいなー！！

行きつけのお店とかずっと行くタイプかな？　ぶれないなこいつ！

横綱かな？　体幹がすごい！

イケメンじゃない男がいくらツッパリしても全然ぶれないいんだろうなぁ。いいなぁ。

私にも塩振り撒いてくれ！　いい男もくれ！！！

ぶれないで生きたいぜ私も。

都心の人気店はだいたい二時間で退席を求められる。

ミカは考え事をしすぎてヘロヘロになりながら、レストランの外でマサミに話しかける。

「結婚式来年だっけ?」

「そう! 来年の七月〜来てねー!」

「楽しみすぎる! またねー!」

ユウコも満足げにお腹をさすりながら手を振る。

「またねー!」

頭もお腹も爆発寸前のミカはまだまだ考え事をしながら帰宅する。


女たちが解散した後、話が気になって料理の味がほとんど分からなかったミケ猿が店から出てくる。次は料理に集中しようと決めて、口の横についたソースを拭い、賑やかなレストランを後にした。

マサミの結婚式から数か月後、ミカが家でゴロゴロしながらインスタを見ている。

令和のSNSトドだ。

おっ、ユウコあそこのサウナ行ったんだ。気になってたんだよね〜いいな〜。
どんどんスクロールしていく。
あれっマサミもなんか投稿してる。どれどれ〜。

「旦那がクズなので愛犬レオンと一緒にトレーナーに送りつけて矯正してもらいました！
今では毎日まっすぐ家に帰ってきて、お皿洗いと洗濯、足のマッサージもコマンド一つでしてくれます〜」

な、なんだこれはー！！！！！
コマンドって人間にも使えるの⁉
マサミ、愛犬と一緒にショウタさんのこともトレーナーに送りつけてるやん！！！
犬と同じとこなのかな⁉　怖いんだけど！！！　えええええ⁉

ハッ！　ショウタさんが家事してる写真すごいたくさん載ってる！
一つの投稿でこんなに家事の写真が！

この笑顔本物でしょうか⁉　ショウタさん⁉　大丈夫⁉
笑顔鑑定士ー⁉　来てー⁉
しつけられてる⁉　完全に矯正されているぅううう！！！！
あいつ……、ついに顔もよくて二刀流の男を作り出してしまったのかー！
うわぁああああああ！！！

二刀流男は探すのではなく作るらしい。

CASE 12

関係は冷め切ってるけど自分からは振りたくない男の心理

ミケ猿は男と女の声を聞いちゃったぞ

お鍋が冷め切ってるのに温めないやついるよね。

ミケ猿も、お鍋をずっとグツグツさせてくれるＩＨヒーターみたいなやつないからよくそういうことになる。

だからキムチ鍋を家で食べるときは勝負だ。タイムアタックが始まっている。

早く食べないと最後のほうは冷や汁になるからな。

そうなったときはもう気づかないふりをしながら食べるしかない！

見て見ぬふりをするのだ！！！

なぜかというと、食べてる途中でお鍋をキッチンで温めて帰ってくると、お腹いっぱいになってるからだ！！！！

なぜだ！！！　さっきまで余裕だったじゃないか！

立ったことによって食べた物が下に移動したのか⁉

だとしたら余計に隙間ができてもっと食べれるようになるはずだろうが！！！！

胃には重力が通用しない！！！！

なぜだ！！！　怖すぎる！！！　もっと食べたい！

この不思議な現象にいつも悩まされる。

恋愛も一緒。**ずっと熱々でグツグツさせ続ける努力を怠ったらだめ**なのだ。


リョウは仕事をなんとかやっつけ、大学時代の同期との飲み会へ急ぐ。

金曜夜九時の恵比寿を行き交う人々は、みな浮足立っている。

もはやちょっと浮いているかな。靴裏に強力な磁石でもつけているようだ。

普段は残業でこんな時間に会社を出られないリョウだが、今日だけは仮病で抜け出して、無事浮いている足で集合時間に隠れ家Ｂａｒに到着した。

サークルではしゃいでいた男たちも、社会に揉まれすっかり成熟した男になった。

完熟した男梅。その名も「完熟アラサー男梅ブラザーズ」だ。

集まって早々にユウスケが口火を切る。

「俺ミズキと別れたわー」

「え⁉　お前早くね⁉　同棲したばっかじゃん」

「いやー俺が家賃払ってんのにさー。家事やれとかうるさくて無理だったわー。やっぱアカリがいいわー」

「お前アカリのときは早く別れたいとか言ってたやん。記憶美化されてんじゃん。あれ、リョウも別れるとか言ってなかったっけ？」

「いやー俺まだ別れてない」

リョウはバツが悪そうに意味もなくおしぼりの位置を変える。

「は？　なんで？　別れたいとか言ってなかった？」

「なんか別れ話すんのめんどくね。チヒロ絶対泣くし。俺、女の子が泣くの見るの苦手なんだよね」

「分かるわー。俺も無理」

ユウスケは前のめりになり、枝豆を口に入れる。

「アカリに連絡しようかなー」

「しろしろ」

成熟した男にはまだ程遠いような会話で盛り上がる。

集まるとスーツ姿でも中身はまだ大学時代のままのノリである。

仕事の話もしつつ、入社四年目の愚痴をそれぞれ吐きながら、あっという間に終電の時間になった。


「じゃあなー！」

「また飲もうぜー」

さらなる成熟を目指して解散した男たち。それぞれの路線のホームへと消えていった。


終電の独特の雰囲気に溶け込みながら電車に乗り込むリョウ。

普段なら吊り革は掴みたくないが、久々に飲みすぎてレゲエダンサーのようになってしまうため、しょうがなく掴まる。

元々お酒はそんなに強くないが、会社の酒豪大ザル先輩に入社早々目をつけられ、そこ

そこ耐えられるようになってしまった。

だが飲み始めからすぐ顔が赤くなるのは変わっていない。

窓に映った自分の赤い顔を見つめながら、リョウはぼんやりと男梅ブラザーズとの会話を思い出す。

あいつら全然ちゃんとした彼女できてないよなー。

ユウスケは久々の彼女なのにもう別れたとか言うし、タツヤは彼女欲しいが口癖だけど、もう何年いないんだ？　令和になってからできてなくないか？

あいつは平成に取り残された男だ……。かたやキムタクは平成を抱いた男なのに、かわいそうに……。同じ男でこんな違うことあるのか⁉

俺がロン毛にしたときは母親に「シャンプーもったいないからやめろ」って言われたな。

なんなんだこの扱いの違いは！！！　ジュレェェェェェーーーーーム！！！！


やっぱ彼女作るのむずいよなぁ〜。

チヒロと二年付き合ってるけど、別れてまた一から彼女作るのめんどいしなー。

どろ団子にヒビ入ってきたときと一緒だ。

撫でて修正すればなんとかなるし、また一から作るのめんどいからなぁ。

だったら手塩にかけて育てたこいつとこのままやっていくほうがいい！

今、別に一人の時間結構あるし、チヒロとたまに会うのは負担じゃないし、わざわざ別れるほどの理由もないしなー。

これでチヒロがめちゃくちゃメンヘラだったらな〜。

不二屋の前にいるペコちゃんと目が合っただけで発狂して、「あんな舌出してるような女がいいんだ⁉　最低！　ショートケーキを顔に塗りたくって、キティちゃんの代わりにサンリオピューロランドでショー出ないと許さないから！！！」とか言ってくれたらこちらに非がない形で円満（？）に別れられるのになぁ。

あいつそういうタイプじゃないしな……。


ぼんやりと考えているうちにリョウは自宅に到着した。

半分くらい開いたゴミ箱から納豆パックの匂いが漂っている。匂いの元が分からなければかなり不快だ。納豆という権限だけで臭いことも腐らせることも許されるなんて素晴らしい。

机の上には、朝会社に行くときに使ったコロコロがオブジェのように転がっている。

現代美術作品、その名も最低限清潔人間！

ドアを閉めて、流れるように上着を脱ぐ。そのとき、チヒロからＬＩＮＥが届く。

「明日十二時でいいー？」

ああそうだ。明日チヒロと会うんだった。

リョウは今日の会でオールすることにならずよかった、とほっとしたのも束の間、他の予定を入れてしまっていないか焦り、カレンダーを確認する。

デートの予定忘れるとかやばいな！！！　父の日の次に存在薄くなってる！

まずいぞ！　俺クズ野郎じゃねーか！

俺はいつからこんなことになってしまったんだ……。

最後にクズって言われたのは姉ちゃんの日記の内容勝手に読み上げて、飼ってたセキセイインコに覚えさせたことだな……。生きて動く黒歴史を作ったことが俺の来世に誇れる発明だ。ガリレオクズレイだ。

次の日、ショッピングモールでチヒロと待ち合わせをするリョウ。

ショッピングモールはプチ遊園地といってもいいくらい家族連れで混雑していた。

悲鳴なのか歓喜の声なのか分からない子どもの声があちこちから聞こえてくる。

ベビーカーをブルドーザーのように押しながら人混みを掻き分けるママが通り過ぎる。

何を食べようか周りの飲食店の看板を見ながら考えていると、向こうからチヒロがやってきた。


「リョウ、おまたせー」

「いいよ！　今日混んでんね」

「連休だからじゃない？」

「昼飯何にするー？　あのハンバーガー屋美味しそうだよな〜」

「いいじゃん」


チヒロの異変に気づくリョウ。

分かったわ！！！！　こいつなんか最近？　いつからだっけな、暗いんだよな！！！

なんかじっとりしてる！　井戸から出てきたのかな。井の中の令和の貞子かな。

前はもっとデートも楽しそうにしてたし、よく笑ってくれてたと思うんだけどな。

なんか晴れてるのに曇りに見えてくるんだが⁉

目が⁉　おかしい⁉　やられたのか⁉

こいつのオーラのせいだ！！！

天気の子か？　こいつ！　勘弁してくれ！　天候を操るな！

せっかく晴れてんのによー！！！　暗い感じにすんなよ！！！

二年記念日にプレゼント渡したときも、全然嬉しそうじゃなかったよな。

前まではちょっとしたプレゼントでも喜んでくれてたのに。

好き嫌いの多い犬かよ！！！

あれ？　このドッグフード昨日までは喜んで食べてたのに、口から出しやがった！　みたいな。

この贅沢犬め！　一生カリカリという名の塩対応既読無視だけ与えるぞ⁉　クソー！

定食屋でご飯を食べている二人。

ハンバーガーが食べたかったリョウだが、要望が通ったことは一度もない。

見たいテレビ番組の要望が一度も通らない実家のようだ。

父の番組選抜主導権は絶対だった。

あの人の手にはリモコンが貼りついているんじゃないかというくらい離さなかった。


ネギトロ丼を食べながら、チヒロが愚痴を言い始める。

「はぁーもう仕事やっぱ辞めようかなー。先輩たちみんな辞めたから、私が後輩の面倒見なきゃいけないの本当やだ」

「あれ、なんかもう一人いるんじゃなかったっけ？」

「いるよ、マジ何もしないさおり先輩でしょ。あの人は本当何もしないから、いないのと一緒なの。もう置物。いらない意見とかはなぜか言ってくるけど。はぁー……しんどい」

「なんかさー仕事行く気全然起きない。ミチコは専業主婦らしいよ。いいなぁー」


海鮮丼を食べているリョウは、いくらが喉に詰まりそうになりながら心の中で叫ぶ。

そうだぁー！！！！！

こいつ会うといっつも仕事の愚痴ばっかなんだよな最近ー！！！！

会うとなんか疲れるんだよなー！！！！

バクは悪夢食べてくれるとかいうけど、こいつはエネルギーバクだぁ！！！！

俺のエネルギーどんどん食べるやん！！！

やめろ！　ネギトロ丼の他に俺のエネルギーまで食べるのやめてくれよ！

これが女の子が言う「別腹」か⁉

楽しくご飯食べさせてくれよ！

酔うと会社の愚痴ばっか言う俺の上司そっくりだな⁉

あの人酔うと泣きながらねぎまの鶏肉だけ食べ出すんだよな……。

間に挟まれてるねぎの気持ちになれ！

俺はねぎ処理班じゃねーんだよ！

俺の居酒屋時代に培った玉ねぎ瞬間こっぱみじん切りの技を目の前で披露して余計に泣かせてやろーか⁉

目に染みてくるだろうよ！　俺の努力と玉ねぎが！

チヒロもすぐ泣くからなー。こいつの涙腺は俺のじいちゃんの股引きよりゆるい。

だるんだるんだ。そろそろ交換してほしい。

泣いたら何も言えないじゃねーかよ。卑怯だ！

勝負で股間を蹴ってくるやつよりタチ悪いぞ。

そんな一発逆転使ってくるから毎回喧嘩は俺が謝ってる気がする。

勝率が悪い。チキショー！

ねぎといえばたこ焼き屋でよく切っていた

ミケ猿は二人の近くの席で大盛のバナナご飯を食べながら、たこ焼き屋で初めてアルバイトしたときのことを思い出した。

いつも朝一番のシフトに入るから強制的に仕込みをすることになる。

まずお店に入ったら寝ている店長を起こす。ＢＧＭの歌に合わせて歌って起こしてあげる。ミケ猿の特製目覚まし時計だ。

今思えば「鳥の詩」の選曲はよかったと思う。

そして仕込みの開始だ。

たこ焼きには大量のねぎを使うから長ねぎを機械で切るのだが、そのとき初めて、玉ねぎ以外でも目に染みて涙が出る野菜があることを知った。

同じねぎなだけある。強烈だった。

玉ねぎは一個でも染みるが、長ねぎは大量に集まると玉ねぎを超える爆弾になる。

地球上のアリを集めると全人類の重さより重くなるらしい。

そんな感じで、長ねぎが集まると巨大化したヒアリよりも危険だった。

毎回、朝のシフトに入ると涙が止まらない日々。

ラップを目に巻きつけて切るときもあった。ラップの中に涙が溜まって前も見えないし、
辛うじて目に映るのは曇った光景だった。

ミケ猿があまりに辛そうだったのだろう。途中からキャベツの千切り係に任命された。

そこからミケ猿は最強のキャベツ千切り仙人になる。

本当に素敵な職場だった。

店長も優しいし、他のバイト仲間とは休憩時間に楽しくお話しした。

平和で最高の職場だった。

ミケ猿が炊飯器を燃やして火事を起こすまでは……。

薄茶色の素朴な制服を着た店員の「ありがとうございました〜」という声を後に定食屋を出る二人。

ショッピングモールを歩きながら、チヒロがリョウに話しかける。

「この後どうするー？」

「……」

「んー。なんか最近暗くない？」

リョウは質問に答えず、チヒロに聞き返した。

「え？」

「チヒロ、会っても暗いし、会社そんな嫌なら辞めれば？」

「いやー原因は会社じゃなくてさー」

チヒロは伏し目がちに指をさすった。

「何？　俺のこと？」

「いやいい」

「なんだよー」

それ以降チヒロは口を開かなくなってしまう。
賑やかなショッピングモールに無言の地蔵が一人。二人はなんとなく出口へ向かう。
エスカレーターに乗って下っているときも、リョウの脳内はフル回転だ。
ありとあらゆる引き出しを引っ張り出して中を漁るが何も出てこない。
俺が何かしたのか？　俺に原因があんのか？　なんかしたっけ？
ハテナで埋め尽くされたリョウの頭はショートして湯気が出ていた。
悩みまくりティファール瞬間湯沸かし器。もう少しでお湯が沸きそうだ。
そのとき、チヒロがリョウを見つめていたことにも気づかず……。

やっぱチヒロもなんか俺に不満あんじゃねーか！！！
ってことは別れるなやっぱり！！！
なーんだ。
でも別れ際に色々不満言われるの嫌だなー。後味悪いしな……。
味噌汁の最後のほうに味噌が溜まってたときくらい後味悪くなりそうだ。
しょっぱ！！！　ってなるの嫌だからな。あんなに混ぜたのに……。

振るならなんかスパッとサラッと振ってくれ！　俺は準備できている！

バンジー飛ぶとき心の準備できてないのにイキってみせるやつとは違う！

「待って！　やっぱ無理！」とか言わないぞ俺は。

覚悟が違うんだ！！！　さっさと押してくれ！！！！


二人がショッピングモールを出て歩いていると、駅前の広場でイベントが開かれている。

寒空の下だが、連休だけあって家族連れなどでそこそこの人だかりができている。

真っ白なスーツを着た司会者が空元気で声を張り上げる。

「さぁー！　みなさん、期間限定で二人一緒にお題に答えて回答が被ると賞品がもらえるスペシャルイベント開催中ですよぉ～！　なんと一等は今流行りの電動スクーター！　早い者勝ちですよ～！！！」


司会者が目ざとく二人を見つけて指差す。

「そちらのお二人！　やっていきましょう！　さぁさぁ！」

うわぁぁぁ……マジかよ。

目が合ってしまったリョウは、今更遅いよなと思いながらも、目をそらしてやり過ごそうとする。

「いや、いいです」

チヒロも顔をこわばらせて断っている。

「遠慮しないでください！　無料ですから！　ハズレてもアンケートに答えていただければ残念賞差し上げますよー！」

マイクに響く司会者の声で全員の視線が二人に集まる。

せっかく見つけた獲物を逃すまいと血走る司会者の目つきはハンターのようだった。

サバイバルゲームでは絶対に敵に回したくない。

ライフルを背負って地の果てまで追ってきそうだ。

「しょうがない。やろうぜ、やります！」

「おおー！　こちらのお二人が挑戦です！」

ほとんど強引に獲物を捕らえ、司会者がギャラリーにマイクで大声で宣言する。

「このゲームはお二人の普段の絆が試されますよ！　その名も……『答えが被っちゃ運

命っちゃゲーム』！　お二人で質問に対する答えを書いて、三回被ったら運命っちゃ！

賞品ゲットです！　そちらのフリップに答えを書いてくださいねー！」

司会者に中央へ案内され、フリップとマジックを渡されるチヒロとリョウ。


「第一問！　チャランッ！」

「今の一番の願いは何⁉」

「さぁ！　こちらどうでしょう！　お互いの答えが一緒なら賞品ゲットです！」


リョウは考えを巡らせる。

おいおいおいおいおいマジか！！！！　一番の願いかー！

今このタイミングでこんな問題出すなよ！

めちゃくちゃ気まずいんだが！！！

普通「ケーキといえば？」とかそういうのじゃねーのかよ！！！

こういうわけ分からんイベントも、昔はチヒロとよくやったな！

あのときはめちゃくちゃはしゃいでたのに……。

リョウがチラッと横を見ると、チヒロもかなり悩んでいるようだ。

眉間にシワを寄せて考え込んでいる。

こういったゲームはお互いに顔を見合わせて盛り上がるはずだが、一言も会話を交わさない二人。


なんだよその顔！！！！　すげぇつまんなそう！

こういうのってカップルだったら盛り上がるやつじゃねーのかよ⁉

「あれだよね⁉」とか「あー！　あれね！」とかさ！！！

こっちも見ねーしよ！　なんなんだよ！！！

UNOで一人だけ死ぬほど手札多くなったやつの顔じゃん。

なんでそんな顔してんだよ！！！

もぉおおおおお！　そんなに俺といるのつまんないかよ！！！

答え一つしかねーじゃねーかよ！

ここで言っちまおう！　もう知るか！！！　どうにでもなれ！！！！

一番の願いなんて「別れたい」だろどうせ！　答え被るだろ！

チヒロも同じ考えだろ！！！

成功させて賞品の電動スクーターでひとっ飛びしてやるよ！！！

「さーて答え書き終わりましたかね！　お二人さん！」

司会者の大声が広場に響き渡る。

モールに向かう途中の人々も立ち止まり、ギャラリーの視線が二人に集まる。

「それでは回答オープン！」

ジャジャンッという定番の機械音と共に一斉にフリップを出す。


「別れたい」

「結婚したい」


「え？」

さっきまでの音割れしそうなほど張り上げていた声とは違って、つぶやきがマイクに拾

われる司会者。

「え?」

チヒロのフリップを覗き込んで同じ声が漏れるリョウ。

チヒロもリョウのフリップを覗き込み、絶望したひょっとこのような顔で固まる。

連休の賑やかな広場に戦慄が走り、地獄の静寂が訪れた。

すれ違いすぎると摩擦も起きないらしい。

失恋した友達の話を毎回聞く女の心理

ミケ猿は女たちの悲鳴を聞いちゃったぞ

失恋といえば、ミケ猿は小学生のときに初めての彼氏ができた。

もう本当に好きで信じられないくらい毎日ウキウキだった。

小学校への登校は彼に会いに行くための待ち合わせだと思っていた。

授業も彼に会うまでの修行の時間。

付き合っているといっても、恥ずかしくて学校では話せなかった。

でも、どこか旅行に行ったらお土産を渡すのがミケ猿たちのお決まりで、夏休みにおじいちゃんの家に行ったら必ずお土産を買っていた。恥ずかしくて直接渡せないから、ミケ猿はこっそり机に入れたりしたが、彼はすごかった。

休み時間に外で遊んだ後、階段を上って教室に帰る途中にふと見上げると彼が前を歩い

ていた。そして、辺りをチラッと確認して何かを落とした。それがちょうどミケ猿の足元に来て、なんだろうと思って手に取ると、それはお土産だった。

あいつマジで国家最高峰のスパイになれる。あの辺りの確認の仕方はCIAだった。無駄のない動き、計算された動線、完全にスパイの動きだった。

現に、誰にも気づかれず私は物を受け取れた。

そんな彼となんやかんやあって、彼の気持ちを確認しようと、男友達に「彼に私のことまだスキかキライか聞いてきて」と頼んだ。

次の休み時間にその男友達が戻ってきて、ミケ猿にこう言った。

「『うんこ。三文字ってことは？』だって。」

もうスパイやん。小学生から暗号使えるん？

これがミケ猿が初めて失恋した話だ。

今宵は十二月の華金。忘年会で騒がしい居酒屋の中、ミケ猿は一匹、一週間の疲れを癒やしている。

オセロかな。ミケ猿は周りは黒で自分だけ白の駒の気分になった。そろそろひっくり返されそうだ。ひっくり返されたら華金集団の中に混ざって雄叫び上げまくってやろうかな。猿の雄叫び舐めるなよ、と息巻く。

寒い風がひゅうとミケ猿の毛をなびかせる。誰かがお店に入ってきたようだ。入り口近くの席は定期的に冷凍庫になるが、ごきげんなミケ猿は気にせず新鮮な空気を吸い込みながら来客を観察する。

店員がデカボイスで「何名様ですかー?」と声をかけると、今にも帰りたそうな苦い顔をしたモエが「あ、待ち合わせです」と答えながら店内を見回した。

「恐らくこの店で今一番ゾンビに近いやつとの待ち合わせです……」と小さくつぶやいたのを、ミケ猿は聞き逃さなかった。

客のテンションなど気にも留めない店員が、さらなるデカデカボイスでかけ声を上げる。

「お待ち合わせのお客様でぇ~す! いらっしゃーせー!」

すると隣の席のグループが「おーい」とモエを手招く。

「この店で一番ゾンビに近いやつ」は、ミケ猿のすぐ近くにいたようだ。

モエは苦い顔をしたまま、マイに手招きされて席に向かう。

この時間にリナに呼び出されるということは一つしかない。嫌な予感を通り越してもう帰りたい。

私霊感とか風水とか分からないけど、明らかにあそこだけ空気がよどんでいる。

私が霊媒師だったら「あそこに霊道が通っています」って言うな。

「ああ〜、あそこ霊が残っちゃってますね。だいぶもうできあがっちゃってる霊が。メガハイボールの霊ですね」なんて除霊を試みるわ。

私が風水師だったらあそこだけ隔離するな。

「運気の流れが悪いので観葉植物と金粉で囲みましょう。悪い気は全てこの植物が吸ってくれます」とか言って高級植物と金粉を売りつけるね！

「おまたせ〜」

「モ〜エ〜遅いよ〜〜〜」

テーブルとの距離が近すぎてほぼ突っ伏した体勢になりながらリナが言ってきた。

「見たら分かると思うけど、もうだいぶリナきてます」

モエのコートを受け取りながらうんざりした顔でマイが言う。リナがこうなるのはいつものことだ。

「また別れたの？」

「そう、まただよ。なんか急に『俺たちって結婚無理だよね～』って言われたらしい」

はい予想確定、と思いながら「マジ？」と返す。

机に突っ伏していたリナがむくっと起き上がり、「ね～ありえなくな～い？　なんで俺たちって言うわけ～！　私を一緒にすんなよ～～～」と握ったジョッキを振り回す。

「それでリナが私は結婚したいけどって言ったら振られたらしい」と冷静なマイ。

「だからあいつやめとけって言ったのに！」

「ひどくな～い？　楽しかった時間返してほしい～」

リナが靴を脱いだ足で地団駄を踏む。

「なんで毎回さ、明らかに遊ばれそうな男いくわけ⁉　ぼったくられそうなお店だな～って入って『ぼったくられましたー！』って言ってるのと同じだよ！」

「だって素敵なお店だったんだもぉぉおぉおおん」

あほか、こいつはぁああああ！！！

コーヒーカップ乗って目回ってクレーム言う人と一緒だ！

「なんで目回るの⁉　おかしい！」じゃないんだよー！！！

見て分かるだろ！　目回るだろーがー！！！

毎回毎回こいつが失恋するたびに慰めるのもう疲れたわ！

おきあがりこぼしのとこに修行いけ！　これからは自力で立ち上がれ！　クズ男で七転び八起き道場！

最初の頃は本当に一緒に悲しんで怒って、こんないい子なのに神様はなんでこんなことするんだって思っていたが、今なら分かる！　こいつは自らうんこを踏みに行っている！

歩くたびに自分で探しに行っている！

「うんこ探検ツアーへようこそ！　とても綺麗なものが転がっていますが、所詮はクソです！　自己責任でお願いしますね〜」

世にも珍しい！　神様もある程度は排除してくれているのかもしれないが、世界中からうんこをなくすのは無理だろうが！

こいつが厄介なのは、クズ男センサーが壊れているわけではなく、ちゃんとついてるし反応もしてるのに、見て見ぬふりをするところだ！

「私にだけは違うはず」って思って期待するな！

よかったな、お前サーカス団に入ってなくて！

「私にだけは信頼があるから大丈夫！」って、ワニの開いてる口に頭入れる芸で食われてたぞ！　なんこつの唐揚げ食ってる場合か！　自分と重ね合わせて泣きながら食え！！！

お酒ってなんであんなにたくさん飲めるんだろう？

ミケ猿は隣席の言い合いをつまみに、お酒が止まらない。

ミケ猿は一生疑問に思ってる！

ただのお水をメガジョッキで出されてもあんなに飲めないよね!?

温泉街の有名な秘境の温泉水で、ものすごいありがたく思っていても、あんなにたくさん飲めないよね!?

だがしかしびっくり！　アルコールというスパイスがあるだけでグビグビ飲めちゃう！

何杯でもいけちゃう！　ピッチャーなんてものももらっちゃう！

こんなに飲み物入るんだ!?　胃袋って!?

今まで普通に使ってたスーツケース、実は拡張できるの知ったときくらいびっくり！

お前そんなポテンシャル隠し持ってたのか！！！　このチャックそういうこと!?　もっと入るじゃん！！！　とスーツケースを叩いて喜んでしまったくらいだ。どんなに細い子でもお酒だけはグビグビ飲めるのって本当に不思議だ。ちな、ミケ猿はお腹チャポチャポになるからそんな飲めない。

ひとしきり愚痴を吐き出しておとなしくなったリナ。

攻撃するものがなくなって静かになったミキサーかな？　スムージー作ろうと思ってミキサー回すと、最初あんなに爆音だったのに、途中から静かになるよね。十分果物を痛めつけてくれたかい？　と思って開けると最高にドロドロになってる。リナもドロドロの愚痴が完成して満足してるのかなっ。

愚痴スムージー屋さん開けばいいのに。

マイが自分の薄くなったサワーを飲みながらリナの過去を振り返る。

「てか本当スパン早すぎる。元彼もやばかったよね？」

「なんか〜携帯一緒に見てたらマッチングアプリ入ってて〜。何これって言ったら〜そろ

そろ他にも彼女欲しいから入れてるって言われたの〜」

「そうだ！！！　マジでやばかったよね、すぐ別れろって言ったのにその後もしばらく付き合ってたよね」

「だって〜〜〜好きだったんだもぉぉぉおおん」

　毎回そうなんだよぉおおおおお！！！！　傷口自分で開ける作業だけは得意なんだよ！　自分で傷口にアルプス同棲岩塩すり込むのやめろ！　毎回すぐ同棲するのやめろ！　ヤドカリか⁉　引っ越しのハードル低すぎるんだよ！　自分で自分捌くの得意なんだから魚屋になれ！　三枚別れ話おろしとかすぐできるようになるぞ！！！

　うちらの忠告はいっつも聞かねぇーしよおおお！　え？　うちらの声だけチューニング合わせてない？　周波数合ってない感じ？　届いておりますか？　応答せよ、応答せよ⁉　毎回呼び出すならせめて忠告は聞けよ！！！　あなただけアナログ放送見てる⁉　見えてる世界が違うのかな？　アンテナ変えてもらえますか⁉　誠実連絡マメいい男地デジに変更しましょうかー⁉

「あとなんかゲーム配信者男？　もいたよね」

それはモエの記憶に新しい。

「あ！　いたいた！　クリスマスに具合悪いから会えないって言われたのにゲーム配信してたやつでしょ⁉」

「しかもコメントで『クリスマス予定ないんですか？』みたいなこと聞かれて『クリぼっちです』って答えてたやつだよね！」とマイが面白がって続ける。

「ひどいよね〜。私ドタキャンされてクリスマス予定なくなったんだよぉおお〜。うえええええんすみませ〜んメガハイ一つ〜」

聞きはしないだろうが、モエが一応「リナもう飲みすぎだよ」とたしなめる。


てかそのクリスマスに一緒に過ごしてたのうちらなんですけどねえええええ⁉

急に呼び出されて彼氏にドタキャンされたって言われて朝まで一緒にいただろうがー！

酔った勢いでカラオケのアイス食べ切れない量持ってきて、こちとら真冬に震えながら食べましたよ！

サーモグラフィーで見てほしかったね、うちらのこと！

グアムの海より綺麗な真っ青だったと思うね！！！

しかも、彼氏と一緒に過ごしたかったたって号泣してたよなー!?

ハッピーセットで思ってたのと違うの出てきて泣き喚く子どもよりタチ悪いぞ!

お前が選んだアンハッピーセットだろうが!!!

こっちは忘れてねーからなー!!! 脳みそにしっかりその思い出刻印してますよ!

ジュー!

「こちらメガハイボールでーす」

「わぁあああい」

「だめだよ! リナ! もう飲むのだめ」とマイがジョッキをモエにパスする。

「えええええん飲ませてー! 私一生王子に会えないのかなぁー」

モエは、そりゃ雑木林の中探してても会えないよ、と思いながら代わりにジョッキを空け、店員を探す。

「すみませーんお会計で!」

リナは既に糸が切れた人形になっていて、マイがタクシーで送り届けてくれるらしい。

「マジでお疲れ! なんかあったら連絡して!」と、ほっとした気分で二人を見送る。

クソ！　またこんな時間になっちまった！！！

明日も仕事なのにっていうか、もう今日かー！！！！

あいつヒール履いてマラソンするなよ！　そりゃ転ぶだろうよ！！！

なんでそれを毎回手当てしてんだあたしゃ！！！　お互い学べよ！

小さい卵は黄身も小さい！　大きい懐を期待するな！！！　中身はそのまんまだ！

友達の言葉が一番当てになるっていうのになんであいつには聞こえないんだ。

恋は盲目っていうけど、あいつの場合高級ヘッドフォンしてるとしか思えない！

ノイズキャンセリングつきの！！！　うちらはノイズかよ！　おい！

はぁだめだ。早く帰って寝よう。


楽しい話を聞けたこの居酒屋が気に入り、ミケ猿はバイトとして働くことにした。

少しは仕事に慣れてきた数か月後、今度は自分がゾンビになったモエが店にやってきた。

しばらくして、マイとリナが入店し、モエの様子を見て「やばいね」と顔を見合わせる。

「も〜〜遅いよおおお〜〜」

モエが顔を上げる。

「モエが呼び出すとか珍しくない⁉　やばいもう顔赤ダコじゃん。ペース速！」

「もう無理ぃいいい〜」

赤ダコになったモエは今にも泣き出しそうな表情で叫ぶ。

「すみません生二つでー！」

騒ぐモエをなだめながらも、スマートに注文を済ませるマイ。

リナはギトギトのテーブルに身を乗り出しながら「こんなになるってマジどうしたの⁉　振られたの？」と本題に切り込む。

「そ〜なの〜〜絶対結婚すると思ったのに〜」

「うーわ！　サトルでしょ⁉　他に女いたのあいつ⁉」

「そう〜他に女いたあああ〜〜このもらったネックレスとかもうクソじゃあああん」

「ほらやっぱり！　うちら絶対他に女いるって言ったじゃん！」

「私のこと大切って言ったのにぃぃいい」

「だからやめときなってあんなに言ったじゃん！　ぼったくられそうなお店だなって入ってぼったくられてるのと同じだよ！」

モエの名言そのまま言ってみた、とリナがおどける。

「うるせーんだよおおおおお！！！！！！！！」

突然モエがリナに掴みかかる。

「うわぁぁぁあちょっと！」

「きゃぁあああやめてよおお！！！」

取っ組み合う女たち。店内は突然の暴れアラサーに騒然とする。

ミケ猿はスマホを手に取り、迷わず一一〇を押して大きな耳に当てる。

「あ、もしもし？　はい、そうです！　女同士の乱闘です！　早く来てください！」

みんな恋すると高級ヘッドフォンつけるみたい。

膨大な数の「!」を見たことがあるだろうか。

当初、私が書いた原稿は大量の「!」で埋め尽くされていた。なぜなら、本書の各主人公が叫びまくるからだ。心の叫びというのは、常に爆音で音割れしていなければならないと私の中で決まっている。

原稿を見た編集者さんの最初の一言は「このビックリマークは全部いりますか?」だ。前代未聞だったらしい。もちろん、大幅に削って読みやすく修正した。どうだった!?

執筆中に気分転換がてら塩サウナに行った日があった。大きな釜の中に見たことのない量の塩が盛られていて、それを身体に塗りたくるのだ。塩をこれでもかと塗り、木のベンチに腰かける。ふと隣の人の顔を見るとこの世のものとは思えないほど真っ白だ。あわや管理人を呼ぶところだった。よくよく見てみるとそれは泥だった。私ももちろんやりたい。隅にあった泥パックを顔に塗った。顔は泥まみれで、身体は塩まみれ。このまま鍋に入れれば郷土料理でもできそうだなと思っていたら、のぼせて茹で上がった。

あの日のリフレッシュのおかげで執筆が進み、この本は完成したといっても過言ではない。

本書を通じてみなさんの世界に「ミケ猿」が宿ってくれたかな。どうしようもない問題に

直面したとき、めんどくさくて歯すら磨けないとき、ミケ猿があなたの家の余り物を悠々と食べながら覗いているよ。もうどうにでもなれという気がしてくるはずだ。

ちなみに、なぜ猿なのか。

読み終わって分かると思うが、私はやかましい人間だ。

日光には「見ざる・言わざる・聞かざる」という三猿がいるが、私にかかれば、「見ちゃう・言っちゃう・聞いちゃう」となることに気がついた。恐ろしい。これが「ミケ猿」が生まれた理由だ。ちな、ミケ猿の小話は全て著者の実話である。

やはりものを作るのは楽しい。

今回出版できたのはひとえにファンの皆様、KADOKAWA担当者はじめ、制作に携わっていただいた関係者皆様のおかげである。感謝を伝えたい。

そして、次はエッセイや長編も書いてみたいと思う。そのときはまた騒がしくお邪魔させていただくぞ。

ちゃお！

二〇二四年　三月　佐藤ミケーラ倭子

佐藤ミケーラ倭子

東京都出身。1996年4月17日生まれ。元チャイルドモデル、女性アイドルグループ・アイドリング!!!の元メンバー、ファッション雑誌『JELLY』の元専属モデル。現在はサンクチュアリ　株式会社ティーエムオーに所属し、タレント、YouTuber、TikToker、インフルエンサー、モデルとしてマルチに活動中。KANSAI COLLECTION、オールナイトニッポン0、「東京モンスター図鑑」、「恋愛ドラマな恋がしたい2」、テレビCMなどに出演。

YouTube：@MichaelaWakoSato
Instagram：@michaela_sato
X(旧Twitter)：@Michaela_Sato
TikTok：@michaela_sato

恋する猿は木から落ちる

2024年 3月19日　初版発行

著者／佐藤ミケーラ倭子

発行者／山下 直久

発行／株式会社KADOKAWA
〒102-8177　東京都千代田区富士見2-13-3
電話 0570-002-301(ナビダイヤル)

印刷所／図書印刷株式会社
製本所／図書印刷株式会社

本書の無断複製（コピー、スキャン、デジタル化等）並びに
無断複製物の譲渡および配信は、著作権法上での例外を除き禁じられています。
また、本書を代行業者等の第三者に依頼して複製する行為は、
たとえ個人や家庭内での利用であっても一切認められておりません。

●お問い合わせ
https://www.kadokawa.co.jp/（「お問い合わせ」へお進みください）
※内容によっては、お答えできない場合があります。
※サポートは日本国内のみとさせていただきます。
※Japanese text only

定価はカバーに表示してあります。

©Sato Michaela Wako 2024　Printed in Japan
ISBN 978-4-04-114718-4　C0093